共和国的历程

威武英姿

新中国成立三十五周年庆典大阅兵

周丽霞 编写

蓝天出版社 吉林出版集团有限责任公司

图书在版编目（CIP）数据

威武英姿：新中国成立三十五周年庆典大阅兵 / 周丽霞编写.
—北京：蓝天出版社，2014.10（2023.3重印）
（共和国的历程）
ISBN 978-7-5094-1247-3

Ⅰ.①威… Ⅱ.①周… Ⅲ.①革命故事－作品集－中国－当代 Ⅳ.①I247.8

中国版本图书馆 CIP 数据核字（2014）第 232643 号

威武英姿——新中国成立三十五周年庆典大阅兵

编　　写：周丽霞
策　　划：金永吉　荆忠峰
责任编辑：孔庆春　王燕燕
出版发行：蓝天出版社　吉林出版集团有限责任公司
地　　址：北京市复兴路 14 号
邮　　编：100843
电　　话：010—66983715
经　　销：全国新华书店
印　　刷：北京楠海印刷厂
开　　本：710mm×1000mm　1/16
字　　数：69 千
印　　张：8
版　　次：2016 年 3 月第 1 版
印　　次：2023 年 3 月第 3 次
定　　价：29.80 元

前　言

中华人民共和国自 1949 年 10 月 1 日成立以来，已走过了六十多年的风雨历程。历史是一面镜子，我们可以从多视角、多侧面对其进行解读。然而有一点是可以肯定的，那就是，半个多世纪以来，在中国共产党的领导下，中国的政治、经济、军事、外交、文化、教育、科技、社会、民生等领域，都发生了深刻的变化，中国人民站起来了，中华民族已屹立于世界民族之林。

这段时间放到整个历史长河中是短暂的，有如弹指一挥间，但它带给中国的却是极不平凡的。六十多年里神州大地经历了沧桑巨变。从开国大典到 60 年国庆盛典，从经济战线上的三大战役到经济总量居世界前列，从对农业、手工业、资本主义工商业的三大改造到社会主义市场经济体制的基本确立，从宜将剩勇追穷寇到建立了强大的国防军，从废除一切不平等条约到独立自主的和平外交政策，从"双百"方针到体制改革后的文化事业欣欣向荣，从扫除文盲到实施科教兴国战略建设新型国家，从翻身解放到实现小康社会，凡此种种，中国人民在每个领域无不留下发展的足迹，写就不朽的诗篇。

六十几年在历史的长河中犹如沧海一粟，但对身处其间的个人却是并非无足轻重的。其间究竟发生了些什么，怎样发生的，过程怎样，结果如何，非人人都清楚知道的。对此，亲身经历者或可鲜活如昨，但对后来者却可能只是一个概念，对某段历史的记忆影像或不存在或是模糊的。基于此，为了让年轻人，特别是青少年永远铭记共和国这段不朽的历史，我们推出了这套《共和国的历程》。

《共和国的历程》虽为故事形式，但与戏说无关，我们是想借助通俗、富于感染力的文字记录这段历史。这套丛书汇集了在共和国历史上具有深刻影响的重大历史事件。在丛书的谋篇布局上，我们尽量选取各个时代具有代表性的或深具普遍意义的若干事件加以叙述，使其能反映共和国发展的全景和脉络。为了使题目的设置不至于因大而空，我们着眼于每一重大历史事件的缘起、过程、结局、时间、地点、人物等，抓住点滴和些许小事，力求通透。

历史是复杂的，事态的发展因素也是多方面的。由于叙述者的视角、文化构成不同，对事件的认知或有不足，但这不会影响我们对整个历史事件的判断和思考，至于它能否清晰地表达出我们编辑这套书的本意，那只能交给读者去评判了。

这套丛书可谓是一部书写红色记忆的读物，它对于了解共和国的历史、中国共产党的英明领导和中国人民的伟大实践都是不可或缺的。同时，这套丛书又是一套普及性读物，既针对重点阅读人群，也适宜在全民中推广。相信它必将在我国开展的全民阅读活动中发挥大的作用，成为装备中小学图书馆、农家书屋、社区书屋、机关及企事业单位职工图书室、连队图书室等的重点选择对象。

编　者
2014 年 1 月

目 录

一、 国庆庆典

● 邓小平在车上向列队官兵招手："同志们好！"

● 西哈努克亲王说："中国的农业搞得好，是因为阁下的领导和中国的政策好。"

● 土耳其的外交官说："太美了，美极了，一切都组织得难以想象的好！"

首都北京举行隆重庆典

1984 年 10 月 1 日，是中华人民共和国成立 35 周年纪念日。

这天，节日的北京展露出她最华美的风姿。著名的长安街上，鲜花与彩旗交相辉映。修缮一新的天安门城楼，在蔚蓝色的天空下，显得格外壮观。

城楼红墙中央，高悬着毛泽东的巨幅彩色画像。广场的南端，伟大的革命先行者孙中山的大幅画像与毛泽东的画像遥相呼应。在城楼的东西两侧，还竖立着革命导师马克思、恩格斯、列宁和斯大林的画像。

从黎明开始，由四面八方汇集而来的人流就涌向了东、西长安街和天安门广场。人们脸上都绽开了欢乐的笑容，大家都等待着一个历史时刻的到来。

此时此刻，可容纳 50 万人的天安门广场，林立的红旗迎风招展，14 个大红宫灯气球高高地并排飘起，上面的金色大字组成巨幅横标"庆祝中华人民共和国成立 35 周年"。

横标两边的两个大气球上，还悬挂着两个具有民族特色的巨大花篮。

广场上，早已布下了军队的方阵。其中有陆军、海军、空军、武装警察和民兵的队伍。42 个方阵，从高处往下看，横竖都成一条线。整个天安门广场犹如一个巨大的棋盘。

不同类型的各式坦克、装甲车、各型大炮的牵引车以及战术导弹、战略导弹的巨型弹身闪烁着耀眼的光芒。

广场上 10 万名身穿鲜艳服装的少先队员、青年学生和青年工人，一早就排成了整齐的队伍。他们手持着花束轮番变换出 5 个巨大图案：金色的国徽和年号"1949"、"1984"，绿底白字的"祖国万岁"，红底白字的"振兴中华"，绿底白字的"保卫和平"和红底黄字的"中国共产党万岁"。

整个广场从空中到地面，色彩缤纷，蔚为壮观。

人民英雄纪念碑雄伟高耸，"人民英雄永垂不朽"几个镏金大字庄重而典雅。它记载着解放战争中牺牲的人民英雄的英雄业绩，记载着抗日战争中死难的人民英雄的光辉业绩，记载着自辛亥革命以来死难的英雄的英雄事迹，记载着太平天国的英雄的不朽业绩。它已没有历史的局限，也打破了党派的界限，打破了时空的概念。

10 时，由 1200 人组成的军乐队高奏国歌，100 门礼炮鸣放 28 声巨响，宣告中华人民共和国成立 35 周年庆典正式开始。

接着，中央军委主席邓小平由阅兵总指挥、北京军区司令员秦基伟陪同，乘坐敞篷检阅车检阅了受阅部队。

整齐威武的阵容展现出现代化人民军队的英姿。

国庆庆典

随后，人民解放军陆军、海军、空军和人民武装警察部队以及民兵的 1 万多名官兵编成 42 个方队，在雄壮的军乐中依次通过天安门接受党和国家领导人的检阅。

18 个徒步方队步调一致，步伐坚定，表现了人民军队一往无前的气概。24 个机械化方队，装甲输送车、火箭布雷车、新式坦克、火箭炮、榴弹炮，以及岸舰导弹、潜地导弹、地空导弹和战略导弹等如滚滚巨流，排山倒海，无坚不摧。同时由 94 架轰炸机、强击机、歼击机组成的空中梯队，由天安门上空飞过，展示了我空军部队的强大威力。

此次受阅部队的武器装备，都是我国自行设计、自行研制、自行生产的。全部装备着国产武器的受阅部队，阵容威武雄壮，展现了中国军队革命化、现代化、正规化建设的新水平，显示了人民军队保卫祖国四化建设、维护世界和平的决心和力量。

阅兵式后，身穿节日盛装的群众游行队伍，以 67 个方队依次进入广场。兴高采烈的人们和队伍中 100 多辆各种彩车、模型，集中体现了全国各族人民在党的领导下，为实现新时期的总任务、总目标而团结奋斗的坚强信念，生动地表现了 35 年来全国各条战线所取得的辉煌成就。

当仪仗队簇拥着中国老一辈无产阶级革命家毛泽东、周恩来、刘少奇、朱德的仿铜半身塑像通过天安门广场时，城楼上下爆发出热烈的掌声。

受阅官兵方队和群众游行队伍历时两小时全部通过了天安门城楼。

晚上，首都各界群众150万人在天安门广场举行了盛大的联欢晚会。

邓小平、胡耀邦等党和国家领导人以及外国贵宾，在天安门城楼上和首都群众一起欢庆这一伟大节日。

晚会时，广场上施放了礼花，并首次进行了大型激光表演；文艺团体表演了音乐、舞蹈、戏剧、杂技、武术、舞龙、耍狮子、旱船、踩高跷等精彩节目。

国庆庆典

党和国家领导人登上天安门城楼

　　1984 年的国庆庆典，是在全面改革和现代化建设取得巨大成就的形势下举行的。

　　这天，节日的天安门广场，格外壮观。修饰一新的雄伟的天安门城楼，古色古香，气象万千。代表祖国尊严的五星红旗，凌空招展。鲜花簇拥着的观礼台上，闪现着一张张欢笑、激动的面孔；宽阔的广场上，10 万名少先队员、青年学生和青年工人身着盛装，用花束组成巨幅国徽图案。

　　站在金水桥畔举目东望，东长安街上，一道绿色长城突兀而起：我陆海空三军 1 万多名指战员组成的雄壮的受阅队伍和威武的战车，从天安门红墙下一字排开，直过王府井南口。

　　9 时 30 分左右，邓小平来到天安门城楼。

　　今天，他身穿一件深灰色中山装，容光焕发，神采奕奕。一进城楼休息室，他就笑容满面地向大家拱手祝贺节日。其他人上前同他热烈握手。

　　9 时 40 分，邓小平偕同党和国家领导人、全国各界代表和各国的来宾，在雷鸣般的掌声中登上天安门城楼。

　　天安门城楼经过粉刷，变得更加金碧辉煌、壮丽美观。红彤彤的大宫灯，格外醒目。

在天安门城楼上参加庆典的还有：中共中央政治局委员万里、习仲勋、王震、韦国清、方毅、李德生、杨尚昆、杨得志、余秋里、宋任穷、张廷发、胡乔木、倪志福，候补委员姚依林、陈慕华；

中共中央书记处书记邓力群、谷牧、陈丕显，候补书记乔石；

中共中央顾问委员会副主任薄一波、许世友，常委王平、王首道、伍修权、刘澜涛、江华、李井泉、萧克、萧劲光、何长工、宋时轮、陆定一、陈锡联、段君毅、耿飚、姬鹏飞、黄火青、程子华；

中共中央纪律检查委员会常务书记王鹤寿；

全国人大常委会副委员长许德珩、彭冲、王任重、史良、朱学范、阿沛·阿旺晋美、班禅额尔德尼·确吉坚赞、赛福鼎·艾则孜、周谷城、严济慈、胡愈之、荣毅仁、叶飞、廖汉生、韩先楚、黄华；

国务院副总理李鹏、田纪云，国务委员康世恩、张劲夫、张爱萍、吴学谦、宋平；

中央军委副秘书长洪学智；

最高人民法院院长郑天翔，最高人民检察院检察长杨易辰；

政协全国委员会副主席杨静仁、康克清、庄希泉、帕巴拉·格列朗杰、胡子昂、王昆仑、钱昌照、董其武、杨成武、萧华、陈再道、吕正操、周培源、包尔汉、缪云台、王光英、邓兆祥、费孝通、赵朴初、叶圣陶、屈武、马文瑞、茅以升、刘靖基。

此外，还有各民主党派中央主要负责人，在京的中共中央委员和候补委员，中顾委委员，中纪委常委，全国人大常委会委员，政协全国委员会常务委员，中央党政军各部门主要负责人，担任过中央党政军各部门主要领导职务的老同志，军委总部和军委纪委的一些负责人，北京市和北京军区的主要负责人，各省、市、自治区在京参加庆祝活动的负责人。

观礼台上，已不是各族服装的展览会了，而是全球人种欢聚的盛会，充满着和谐的美，充满着融洽的气氛。

在五六十年代时，观礼台上，苏联、东欧国家的代表较多，西方国家的代表较少。自从 1979 年邓小平访问美国，打破了中美 20 多年的隔阂并建立了两国关系后，西方国家的代表也多起来了。

在城楼下各个观礼台观礼的有：中央党政军各部门和各人民团体的负责人，在京的党的十二大代表、中纪委委员、全国人大代表、政协全国委员会委员、各民主党派中央委员，全国劳动模范代表，人民解放军英雄模范代表，各界知名人士，离休、退休干部和职工代表，北京市各方面的负责人，已去世的一些领导同志的夫人，大革命时期参加工作的一些老同志，一些参加过长征的女同志，各少数民族国庆观礼团成员，台湾同胞、港澳同胞的代表和回来参加国庆观礼的海外侨胞。

各国驻华使节，前来参加中日青年友好联欢的 3000

多名日本青年朋友，在京的外国友人，帮助我国工作的专家，也参加了当天的国庆观礼。

10 时整，北京市市长宣布：

庆祝中华人民共和国成立 35 周年大会开始！

由陆海空三军 1200 人组成的联合军乐团高声地奏起了雄壮的国歌。

这是一支世界上空前的乐队。嘹亮的乐曲声，那么激越，那么高昂。

接着，28 响礼炮轰鸣，把大地震得抖动了。

这是东方醒狮的怒吼！国庆 35 周年盛典在这声声怒吼中开幕了。

国庆庆典

邓小平在秦基伟陪同下阅兵

升旗仪式后，大典主持人怀着喜悦的心情大声地宣布：

现在进行大典的第二个议程：阅兵开始！

这时，一辆黑色红旗牌敞篷轿车缓缓驶出天安门，越过金水桥，停在桥头。

中央军委主席邓小平挺立在这辆阅兵车上。

阅兵总指挥秦基伟乘坐的检阅车迎上前去。他向三军统帅、军委主席邓小平行了一个庄严的军礼，然后报告说：

军委主席，庆祝建国 35 周年阅兵式，受阅部队列队完毕，请检阅。

阅兵总指挥秦基伟

邓小平向检阅车上的秦基伟挥一挥手，发出口令："请稍息。"

军乐队随即奏起阅兵曲。

随着响亮的阅兵曲，检阅车缓缓地向东驶上了长安街。

　　长安街两边是代表中国人民武装力量体制的人民解放军、武警部队、民兵的 42 个方队，各军种以前所未有的英姿，整齐地排列于长安街上。他们军威雄壮，气宇轩昂。

　　在接受检阅的部队里，有参加过秋收起义、平江起义和井冈山反围剿斗争的红军连队；有参加过平型关战役和百团大战的英雄部队；有当年刘邓大军的劲旅……现在这些英雄部队中又涌现出成千上万的英雄模范、人民功臣。

　　这些受阅部队共有 1.037 万人，排在长安街上长达 2 公里。他们同展示军威及各部队战斗力的各种作战飞机 117 架、导弹 189 枚、坦克装甲车 205 辆、火炮 126 门、火箭布雷车 18 辆、轻武器 6429 支和汽车 2216 辆，共同组成了 46 个方队。

　　方队组成是：地面方队 42 个，包括：1 个仪仗队，6 个军事院校方队，5 个徒步方队，水兵、空降兵、女卫生兵、武装警察各 1 个方队，2 个三〇二反坦克导弹方队，7 个炮兵方队，1 个火箭布雷车方队，1 个五二三轮式装甲输送车方队，3 个六三式履带装甲输送车方队，6 个坦克方队，1 个海军导弹方队，2 个地空导弹方队，1 个战略导弹方队，男女民兵各 1 个方队。空中梯队共 4 个，最大的机群为 9 机编队，比国庆 10 周年的空中编队增加了 4 架飞机。

国庆庆典

各种受阅武器装备共 28 种，全部是中国自行研制的。其中 19 种是新装备，具有现代水平，有的还具有世界先进水平，充分反映了中国国防现代化建设的新成果。

一路上，邓小平的车在前，秦基伟的车在稍后一旁随行。

邓小平神采奕奕，站在敞篷车上，在队列前由西向东缓缓前行。

此时，他左手握住车栏，右手慢慢挥起……

这个动作，显示了他的果断与坚定，表达出了他的魄力与信心，给所有受阅指战员留下了极其深刻的印象。

邓小平同志主持军委工作以来，拨乱反正，革故鼎新，对军队建设作出了一系列战略决策，部队军政素质有了新的提高，适应现代作战的能力大大增强。今天，部队指战员带着新的成果向祖国汇报，怎不感到光荣、自豪?!

随着检阅车的徐徐行进，千百万人向邓小平翘望，三军健儿向邓小平敬礼。邓小平满意地注视着人民子弟兵的新一代，频频举手答礼，他在车上向列队官兵招手：

同志们好！

安装在阅兵车上的扩音器将他亲切的话语清晰地传了出来。

接受检阅的官兵齐声回答：

首长好！

邓小平又慰问：

同志们辛苦了！

精神抖擞的官兵齐声回答：

首长辛苦了！

三军健儿的回答，响彻云霄。

这样的应答多次反复，从一个方队传到另一个方队，在长安街上空久久回荡。

这是一种豪壮的、激励的声音。邓小平把对人民官兵的浓厚感情，浓缩在"同志们好"、"同志们辛苦了"这简短的话语中。这大概是阅兵式中最动人的场面，它充分展现了中国军队的最高统帅与普通士兵之间真挚、朴素的感情。

一位在观礼台上观看到这一历史瞬间情形的澳门同胞发出这样的感叹："邓小平将慰问官兵的感情渗入阅兵典礼中，这是人类军事史上的创举。"

10时18分，邓小平检阅完毕回到天安门城楼发表了简短而有力、让人鼓舞的国庆讲话。他说：

国庆庆典

中国人民解放军全体指战员同志们，

全国同胞们，同志们和朋友们：

在伟大的中华人民共和国成立35周年的这个光荣时刻，我向为进行社会主义现代化建设、为完成祖国统一大业、为保卫祖国安全而奋斗的同志们、同胞们、朋友们，致以最热烈的节日祝贺！

35年前，我国各族人民的伟大领袖毛泽东主席，在这里庄严宣布了中华人民共和国的成立。我们中国人从此站立起来了。35年来，我国不但完全结束了旧时代的黑暗历史，建立了社会主义社会，也改变了人类历史的进程。

特别是中国共产党第十一届三中全会以来，由于彻底纠正了"四人帮"反革命集团的倒行逆施，恢复和发展了毛泽东同志的实事求是的思想路线，陆续实行了一系列适合新情况的重大政策，全国的面貌更是焕然一新。在全国实现安定团结、民主法制的基础上，我们把进行社会主义现代化建设放在一切工作的首位。我国的经济获得了空前的蓬勃发展，其他工作也都得到了公认的成就。今天，全国人民无不感到兴奋和自豪。

党的十二大提出，到2000年，我国的工农业年总产值，要比 1980 年翻两番。最近几年的情况，表明这个宏伟目标是能够达到的。当前的主要任务，是要对妨碍我们前进的现行经济体制，进行有系统的改革。同时，要对全国现有的企业，进行有计划的技术改造。要大大加强科学技术研究工作，大大加强各级教育工作，以及全体职工和干部的教育工作。全党和全社会都要真正尊重知识，真正发挥知识分子的作用。这样，我们就一定会逐步实现现代化。

我国的对外政策是众所周知和持久不变的。我们坚决主张维护世界和平，缓和国际紧张局势，裁减军备。首先是裁减超级大国的核军备和其他军备，反对一切侵略和霸权主义。我国将长期实行对外开放，愿意在和平共处五项基本原则的基础上，同世界一切国家建立、发展外交关系和经济文化关系。我们主张用谈判方式解决国际争端，如同我国和英国通过谈判解决香港问题一样。现在国际局势并不太平，我们必须巩固国防，中国人民解放军的全体指战员，务必时刻保持警惕，不断提高自己的军事政治素质，努力掌握应付现代战争的知识和能力。

我们主张对我国神圣领土台湾实行和平统一，有关的政策，也是众所周知和不会改变的，并且正在深入全中华民族的心坎。大势所趋，祖国迟早总是要和平统一的。希望全国各族同胞，包括港澳同胞、台湾同胞和海外侨胞，共同促进这一天早日到来。

伟大的中华人民共和国万岁！

伟大的中国共产党万岁！

伟大的中国人民解放军万岁！

全国各族人民大团结万岁！

中央军委主席对全军将士发出的号召，也是祖国和人民的殷切期望！

这是一个纲领性的讲话，是中国现在和未来的前进方向，它鼓舞着 10 亿中国人民向着美好的明天继续奋斗。

受阅部队分列式接受检阅

邓小平讲话结束后，阅兵副总指挥兼阅兵办公室主任周衣冰于 10 时 23 分宣布：

分列式开始！

军乐团奏响了雄壮的分列式进行曲，受阅部队 42 个方队浩浩荡荡地依次通过天安门广场，他们代表着全国的人民武装力量接受党和人民的检阅。

行进在最前面的是由陆海空三军组成的仪仗队。在仪仗队护卫下，鲜红的"八一"军旗迎风飘扬。

军旗下，徒步方队英姿飒爽，阵容整齐，红星耀目，钢枪闪光、威武雄壮。当他们护卫着"八一"军旗率先进入天安门广场时，全场爆发出热烈的掌声。

紧跟在仪仗队后面的是军事学院方队。学员们头戴金黄色风带大檐帽，身穿纯毛凡尔丁新军服，衬上金光闪烁的肩章、领章，显得愈加挺拔刚健、气势不凡。

军事学院，是我军在建国后创建的第一所高级学府。建院以来，作为造就军事将才的基地，学院从创办到今天，已度过了 34 个春秋，20 世纪为我军培养了近 3 万名中、高级指挥人才。20 世纪 50 年代，它把许多放牛娃出

国庆庆典

身的红军战士培养成了文武双全的高级将领；党的十一届三中全会以后，它又哺育出一大批年轻优秀的指挥员。

今天，学员们个个精神抖擞，意气风发。

在这些学员中，有三分之一的人是在军事训练、自卫反击战中立下功勋的。他们中还有 7 位和共和国同龄的指挥员。

军事学院方队后面，是海军学院方队、空军学院方队、炮兵学院方队、装甲兵学院方队和石家庄陆军学校方队。

中央军委作出了关于办好军队院校的决定，规定了在新的历史条件下院校建设的方针和任务，使院校迅速得到恢复和加强，并有了新的发展，形成了一个比较完整的院校体系。

今天，全军院校面向现代化、面向世界、面向未来，办得生机勃勃，欣欣向荣，成为培养各级各类干部、输送建军骨干的重要基地，正为国防现代化培养高质量的德、智、体全面发展的合格人才，对促进干部的革命化、年轻化、知识化、专业化起了重要作用。

由军事学院、海军学院、空军学院、炮兵学院、装甲兵学院和石家庄陆军学校的年轻学员组成的 6 个军事院校的方队，走在受阅部队的前列，代表着中国军队的优良素质。

在军事院校方队之后，是 5 个步兵方队。当踏着铿锵有力的步伐，精神抖擞地行至天安门前时，他们由肩枪齐步走变为端枪正步走,雪白的手套衬托出他们动作的整齐划一,横看、纵看、斜看都是一条线。

整齐如一的步伐,形象地展现出他们优良的军政素质和开拓前进的英雄气概。

在战争年代,我们的步兵靠两只铁脚板,爬雪山,过草地,挺进敌后抗顽敌,踏破辽河千里雪,日夜进军大西南,走遍祖国的每一片土地。

如今,为了祖国的繁荣、昌盛,他们又踏着新的旋律进行新的长征。

走在第十方队前面的年轻而英俊的指挥员,是某团团长王莫然。这个新中国的同龄人,是一位红军战士的后代。当年,他的父辈在陈老总率领下转战大江南北;如今,他又用先辈决战黄桥、飞舟渡江的英风豪气,认真钻研军事理论,带领部队刻苦练兵,向现代化挺进。

朝气蓬勃的水兵方队走过来了!这是由北海舰队组成的队伍。英俊魁梧的水兵,身穿白上衣、蓝裤子,头戴新式的水兵帽,佩有黑底金黄色铁锚的水兵肩章,手中还神气地握着冲锋枪,显得分外威武整齐。

年轻的海军和我们伟大的祖国一起成长。50年代,海军创建之初,装备的是从国民党军队缴获来的舰艇。建国10周年的时候,我们才有了第一艘自己制造的舰艇。现在,海军的主要作战舰艇比50年代增加了近10倍,装备了导弹驱逐舰、导弹护卫舰、导弹快艇、登陆舰、猎潜舰、鱼雷艇、扫雷艇、常规潜艇和特种潜艇。

国庆庆典

多次海上作战演练和从近海跨进太平洋的远航训练，展示出海军的远航技能和现代作战的水平。随着祖国的繁荣强大，具有多种作战能力的"海上长城"已经巍然屹立在万里海疆。

头戴绿钢盔、身着伞兵服的空降兵方队开进了广场。

这个部队的"八一"跳伞队曾经在许多国际跳伞比赛中为我军和国家争得荣誉。

在强大的合成军中，空降兵是一个现代化的新兵种。在未来没有前方、后方之分的现代立体化战争中，空降兵作为克敌制胜的撒手锏，担负着格外重要的使命。

这支空降兵的前身，是黄继光生前所在的部队。上甘岭一战，该部队威震敌胆。如今，他们又发扬黄继光压倒一切敌人、压倒一切困难的精神，配合各军兵种，一次次完成了复杂地形上的演习任务。

在第四排上走着一位魁伟的军人，他是黄继光连连长李明龙。他才 20 岁，已经是某部副连长。在边境的重大作战中，他先后 15 次带领尖刀排完成突击任务。战后，这个排荣获"勇猛穿插尖刀排"的称号，李明龙荣立二等功。军校毕业后，李明龙来到空降兵队伍中，担任了"黄继光连"连长。

"向右——看！"清脆、嘹亮的口号声在天安门前响起。随着清脆的口令声，女卫生兵方队向天安门城楼上的党和国家领导人致敬。

这个我国阅兵史上第一次出现的女兵方队，来自汉、满、回、壮、彝、蒙古、朝鲜、达斡尔、鄂温克 9 个民族。它由北京军区军医学校、著名的"白求恩卫生学校"的学员组成。

年轻的女兵头戴大檐帽，身着绿上衣、蓝裙子，佩戴红十字袖章，脚穿黑色光面皮靴，英姿飒爽、健美豪放。她们那整齐的步伐，赢得了在天安门城楼和观礼台上的人们一阵接一阵的掌声。

女兵中第七排的排头兵是朝鲜族女战士康辉。1957年国庆节，她的父亲参加了首都的阅兵式。现在，她又成为第一批受阅女兵的一员，真是幸福的两代人。

观礼台上，来自边疆的少数民族观礼代表们知道女卫生兵方队中有不少是来自少数民族的，代表们高兴地向女兵方队鼓掌、致意。

女卫生兵方队过后，身着橄榄绿警服的中国人民武装警察部队方队迈着整齐的步伐走来了。人们老远就翘首遥望着这橄榄色的队伍。

这是一支担负着保卫祖国首都安宁的人民武警部队，它的前身就是中国人民解放军著名模范张思德同志生前的部队。

这支部队早已在首都人民的心里留下了美好的印象：在街头，在巷尾，在机场，在车站，他们风里雨里，站岗执勤，像老班长那样全心全意为人民服务，兢兢业业对待工作，为军旗增添光彩。他们橄榄色的军衣维系着老人的笑、孩子的梦，维系着祖国的和平与城市的安

国庆庆典

021

宁……

今天，接受祖国检阅的，还有头戴银盔、身着米黄色服装、肩荷自动步枪的男民兵方队，有头戴白底蓝边航空帽、身着艳蓝色服装、手持冲锋枪的女民兵方队。

我们的祖国有人民解放军、人民武装警察部队和民兵三位一体的具有中国特色的武装力量体制保障，一定会长治久安，建设事业也定将蓬勃发展。

18个徒步方队列队走过，像长征的脚步声；那勇往直前的英姿，像百万雄师过大江的身影。

钢车铁马，巨流滚滚。24个机械化方队开过，长安街响起隆隆的马达声。装甲输送车、火箭布雷车、新式坦克、火箭炮、加农炮、榴弹炮，汇成一条钢铁巨流。履带滚滚，机声隆隆，铁甲生光，大地颤动！

在35年前的开国大典中，受阅部队的武器装备还是杂式的，型号、口径、出产国极不统一。日本造的东洋炮，美国造的卡宾枪，14架陈旧的螺旋桨飞机，几十辆制式不一的坦克……简直就像一个战利品展览会。

国庆5周年时，受阅部队的武器基本上是苏式的。国庆10周年时，受阅的武器装备已基本上是国产的，但仍有少量苏式装备。

今天，不同了，受阅武器不仅全部国产，而且种类、质量都有了大幅度提高，这标志着我军向现代化迈出了一大步。祖国的繁荣富强，使我军武器装备的现代化水平进入了崭新的阶段。

这支机械化方队，给天安门广场带来了威严，带来了声势。

装甲输送车队过后，火箭布雷车像一座座小山驶进天安门广场。

这些神奇的武器，速度快，机动性很强。它们能在瞬间用火箭把颗颗地雷带向目标区上空，在接近地面时，弹体脱落，带雷伞迅速张开、飘坠，布设一个大面积的防坦克雷场。这是封闭敌坦克、迟滞敌人行动的有效手段。

前导车左侧，有个眉清目秀的青年军官叫王辰。

5 年前，18 岁的王辰以优异的成绩在北京十一中学毕业。就在他酝酿报考高等院校时，边境自卫还击作战打响了。

作为军人的儿子，王辰十分关心前线的战事。一次，他看到报纸上的一则报道，说是一次战斗中，由于炸药包导火索失效，前去炸碉堡的 3 个战士和一个班长相继牺牲。当时，他的心被这则报道强烈地震撼了。

本来，王辰的母亲是希望儿子和他姐姐一样报考医学院的，但是自从王辰从报纸上看到那则来自前线的报道后，他的心情就一直非常矛盾。

军队太需要工程爆破专业人员了。王辰毕竟是个热血男儿，在经过一番苦苦的徘徊和思索之后，他坚定了报考部队工程兵学院的念头。

后来，王辰终于以优异的成绩被南京工程兵学院录

国庆庆典

取，分到了野战工程系。

这次阅兵前，王辰对前来采访他的记者说：

"我还是想在地雷方面钻研出点名堂来，总不能老让我们战友用身体滚地雷吧！"

今天，当这小山似的火箭布雷车队排山倒海地驰过天安门时，谁又想到，引导车上的这个文质彬彬的青年军官，他的内心世界是如此宽广呢？

一股青烟卷来，坦克车方队已出现在天安门广场上。

在这些铁马骑士中，坦克兵潘家豪是年纪最小的一个，他才 18 岁。

当坦克以万钧霹雳之势隆隆开过天安门时，人们却看不见他。他是第 4 列一僚车的炮长，此刻正坐在激光瞄准具前履行自己的职责。

这是一种新式坦克车，装甲厚，防护力强，火炮口径大，车上配备的许多仪器都具世界先进水平。连队的同志们在工厂接车实习期间，亲眼看见厂里的科技人员和工人师傅为造出新型坦克没日没夜地干，有的累倒在机床旁。

主持这项工作的副总工程师唐章媛老大姐不顾年高体弱，常常浑身油污地和工人师傅一起攻关，解决问题。她慈爱地对坦克兵叮咛又叮咛："这坦克就算交给你们了，愿你们能驾驭好它，为人民建立功勋。"

每当小潘跨上新的坦克，路过田野村舍，他都要爬上炮塔亮亮相，可是今天，他们的威武的坦克方队通过天安门时，小潘却静静地守在车内自己的岗位上一动不动。

在军乐的伴奏下，40管绿森森的火箭炮方队威武地出现在天安门广场。

这是解放军最早的一支炮兵团队。当年这支部队参加北平入城式和开国大典的阅兵时，使用的是一门门缴获来的美式榴弹炮、日式野炮；新中国成立10周年的时候，他们使用进口的捷克牵引车拉着苏式加农炮参加阅兵；20世纪60年代，他们换上了国产的大口径加农榴弹炮。现在，他们装备着清一色的国产40管火箭炮开过天安门接受检阅。这支部队装备的变化，是我军现代化进程的缩影。

雄赳赳的榴弹炮、加农炮方队开过去了。

涂着迷彩被称为"战争之神"的大口径自行火炮方队过去了。

由三种不同类型的导弹组成的海军导弹方队来了。第一排车上装载着4枚舰舰导弹，第二排车上装载着4枚潜艇水下发射的潜地导弹，第三排车上装载着4枚岸防导弹。

看过电影《甲午海战》的人一定记得，在那屈辱的年代里，中国海军的刚勇之士不得不用血肉之躯与敌寇同归于尽。看过《第二个春天》的人们会记得，我们的海军用鱼雷快艇打敌舰，还常常追不上。

今天，万里海疆有了强大的海军导弹部队。当那银光闪闪、威风凛凛的导弹车驶过天安门时，激动的人们

国庆庆典

不断地为海军战士们鼓掌。

紧接着海军导弹方队的是由 8 排 32 枚地空导弹组成，由 32 辆导弹车牵引的空军防空导弹方队。

这支部队自 1959 年组建以来，先后击落入侵的"U－2"型飞机、无人驾驶高空侦察机 7 架。1964 年，国防部授予他们中的导弹二营以"英雄营"的称号。在这支部队里，先后有 282 人荣立一等功。

老一代走了，新一代又接上来。1984 年 3 月 28 日，一架苏制某国"米格－21"侦察机侵入我国广西领空，指战员们在敌机稍纵即逝的情况下，捕捉战机，迎头痛击。敌机终于冒着烟跑了。英勇的战士带着胜利的捷报来到天安门广场，向祖国献上生日的贺礼。

机械化部队的最后一个行列是威武的战略火箭方队。一辆辆巨型牵引拖架载着我国自行设计制造的不同型号战略导弹、运载火箭，接受检阅。

军中喜长缨，雕弓射天狼。我国战略火箭部队的建立和发展，标志着我国国防现代化已经提高到一个新的水平。

在战略火箭方队开过天安门的时候，空中第一梯队领队师长徐水香驾驶着"轰－6"飞机领航，向天安门上空飞来，8 架"歼教－5"飞机分列两旁，由"轰－6"组成第二梯队的 18 架飞机紧随其后。

在空中第一、第二梯队受阅的同时，战略导弹方队的 9 辆大型牵引车，载着中国自己设计制造的战略导弹首次公开向公众展示，特别引人注目。

在战略导弹部队接受检阅的过程中，空中第三梯队的32架"强—5"飞机编为4个中队，低空飞过天安门上空。接着，第四梯队的35架"歼—7"飞机分编为5个中队，在战略导弹部队通过天安门广场的同时，飞越天安门上空。

此时，北京周围各机场和受阅航线上云低雾浓，能见度只有100多米，但英勇的战鹰穿云破雾，呼啸而来，排空而去。参加受阅的各型飞机，准确、完整地完成了整个受阅任务。

空中，战鹰在翱翔；地上，铁流在前进！金戈铁马，壮我国威，壮我军威。

天上地下，引擎声、军乐声、欢呼声、鼓掌声交织在一起，响遏行云，震撼大地！

在这难忘的时刻，观礼台上沸腾了。一位身材魁伟的海军指挥员，神情激动，眼睛湿润。他是爱国将领冯玉祥之子、海军水面舰艇学院副院长冯洪达。在旧中国那漫漫长夜里，为了富国强兵，冯玉祥将军呼号奔走，费尽了心力，可是，英雄壮志难酬。

冯洪达激动地说："有了共产党的领导，祖国才能如此强盛；有了社会主义制度，军队才能如此迅速成长！"

10时56分，分列式结束。整个阅兵式历时56分钟。这次阅兵庆典活动，是建国以来规模最大、装备最新、机械化程度最高的一次。它标志着我国武装力量现代化

国庆庆典

027

建设进入了一个崭新的历史时期，显示了走上改革开放道路的中国人民的豪迈心情，大大提高了我国的国际威望。

这次盛大阅兵，在庄严隆重、气势恢宏、统一和谐的气氛中，向世界展示了中国人民解放军在新的历史时期文明之师、威武之师的壮美风采。

群众游行队伍通过天安门广场

阅兵式完毕后，群众游行队伍开始走过天安门。

国庆群众游行编制了 67 个方阵，每个方阵内设立纵横标兵，控制行进速度和间隔距离，确保队伍通过天安门广场的精确时间。

群众队伍的横排面为 100 人，分四路纵队先在南池子南口会合，然后整齐有序地向天安门广场行进。

走在游行队伍最前面的是由 2000 名北大学生组成的第一支仪仗队。他们穿着一身纯白色的制服，手中拿着黄色的鲜花。在仪仗队的中间，被队员们托起一面巨大的中华人民共和国国旗。随着军乐团奏响的《歌唱祖国》乐曲，队员们迈开整齐的步伐，将手中的鲜花举起来又放下去，在太阳的照耀下，巨大的国旗镶上了一个金黄色的花边。

紧跟在北大学生身后的是 1400 多名少年先锋队员。他们穿着灰色的制服，手中拿着粉红色的鲜花。在队伍的第二排最中央，几个少先队员分别举起"1949"、"国庆"、"1984"等字样的标语牌。

在少先队后面继续前进的是第三仪仗队。他们穿着深色的新衣服，将巨大的中国国徽架立在一块银灰色板面上，高高地举在队伍的中间。他们以国徽为中心，四周分别举起红色、白色、黄色的鲜花，随着军乐团奏响

国庆庆典

的曲目，他们又很快将鲜花变成了白色、黄色和红色。

第四支仪仗队仍然身穿一身纯白色的制服，手中拿着黄色的鲜花。在他们的中间，托起了一块巨大的红色长方形景布。在景布的最上方，是一个大大的黄色中国地图，地图的下面是一排白色的字，上面用楷体字整齐地写着"统一祖国"4个大字。

历年群众游行仪仗队后面的队伍都是工人方队，但在1984年的国庆却打破了这一惯例，在4支仪仗队后面继续前进的变成了农民方队。

在他们队首，当5台红色大拖拉机牵引着载有"联产承包好"5个4米高的大字的标语车和《中共中央一号文件》的模型彩车一同驶过时，站在天安门城楼上的邓小平向柬埔寨西哈努克亲王介绍："这是我们的农民队伍。"

西哈努克亲王说："中国的农业搞得好，是因为阁下的领导和中国的政策好。"

邓小平笑着说："标语上写得很清楚，是国家政策好。"

邓小平话音没落，工人方队又走过来了。此时，豪迈的"我们工人有力量"的旋律回荡在天安门广场上空。

在这群队伍中，有深圳经济特区制作的"大鹏展翅"的大型彩车模型，彩车上有邓小平的题词：

> 深圳的发展和经验证明，我们建立经济特区的政策是正确的。
> 把经济特区办得更快些、更好些。

这些反映了改革开放初步取得突破性成果的时代特征。

宣传科技队伍是工人阶级的一部分，所以科技方队在工人后边。这支方队中间也有很多彩车，展示了中国科技进步的伟大成就。

学生队伍在科技方队的后边，由首都各高校组成。队伍从东单走上长安街，一直走向天安门广场，经过天安门城楼时，北京大学的学生们突然举起了一幅标语：

小平你好！

顿时，从城楼上，从观礼台上，从广场上，无数双眼睛发现了这个特殊的镜头。广场上一片欢腾！

这不是一幅一般的横幅，是亿万人民心声的反映和体现。中国共产党的十一届三中全会后，改革开放的春风，吹启了关闭多年的中国大门，也温暖了每一个老百姓的心。国家政治稳定，人民安居乐业。所以学生的自发行动，表达了全国人民的心声，引起人们的强烈共鸣。游行队伍全部通过广场时，电报大楼的钟声正好敲了 12 下。城楼上响起一片掌声。

整个游行进程十分规范、有条不紊，反映了新中国成立 35 年来全国各条战线所取得的伟大成就，表现了中共十一届三中全会后的历史性转折，展示了改革开放的特点和风貌。

国庆庆典

火树银花装点庆典之夜

国庆 35 周年的夜晚，首都各界群众 150 万人在天安门广场举行盛大的联欢晚会。

夜幕刚刚降临，天安门就变成了一个欢乐的海洋，一个绚丽多彩的世界。

无数耀眼的彩灯五色光柱，把天安门广场和东西长安大街变成了奇妙的水晶世界。

19 时 30 分，党和国家领导人邓小平、胡耀邦、李先念、彭真、邓颖超、乌兰夫等登上天安门城楼和首都群众一起参加联欢晚会。

民主柬埔寨主席西哈努克亲王和夫人、联合政府总理宋双、负责外交事务的副主席乔森潘，越南的黄文欢，赞比亚总统卡翁达和夫人，国际奥委会主席萨马兰奇和夫人等贵宾，也来到天安门城楼观看晚会。

应邀来华的 3000 名日本青年和在京的外国专家、留学生等，同首都工人、学生一起在广场上载歌载舞，尽情联欢。

19 时 50 分，一连串的红绿信号弹划破夜空，五颜六色的礼花凌空竞放。

那高低不同的"礼花、信号弹"和连珠花，在漫漫无边的夜空中组成了一幅姹紫嫣红的整体画面。

千姿百态的礼花，使广场上的人群欢腾起来，也吸引着全城人的目光。节日之夜的首都满城色彩，满城欢歌。

在三次施放礼花之间，首都一些专业和业余文艺团体在晚会上表演了音乐、舞蹈、戏剧、相声、杂技、武术、舞龙、耍狮子、跑驴、旱船、踩高跷等精彩节目。

在观礼台上，著名的华东一级人民英雄、江苏省军区副司令员刘奎基兴致勃勃地和中央领导一起观看了礼花盛典。

刘奎基早在 1959 年 10 月 1 日，还在军事学院学习时，就曾参加过首都阅兵队伍的方队。当时，他英姿勃发地护卫着"八一"军旗通过天安门广场。

刘奎基身旁那位戴着宽边墨镜、胸前挂满英模奖章的人，是中央军委不久前授予"战斗英雄"荣誉称号的云南边防某团九连代理排长史光柱。

史光柱在自卫还击作战中，身受重伤，双目失明。但他仍然带领全排收复了两个高地，胜利完成了战斗任务。

在这欢乐的夜晚，史光柱兴奋地从口袋里掏出口琴，情不自禁地吹起了《党啊，亲爱的妈妈》等乐曲。

刘奎基抑制不住内心的喜悦，跟随着雄壮抒情的曲调，轻声地哼了起来。这时，一群群观礼代表围拢来，爆发出一阵热烈的掌声。

刘奎基被充满乐观的史光柱感动得流下了热泪。他

国庆庆典

紧紧握着史光柱的手说:"小史,你真坚强!你真可爱!"

广场的夜空中不时传来连珠炮似的声响,五光十色的礼花把这两代英雄的面庞映得通红。

金水桥头、观礼台上、百花丛前,8000多名外国朋友、港澳同胞、台湾同胞和海外侨胞,同首都群众一起共度良宵。他们来自100多个国家和地区,带来了五大洲人民的深情厚谊和遥远的祝福。

玉带河畔,到处是欢快的舞团,到处是友谊的海洋。

参加晚会的各国驻华使节对如此美景赞叹不止。

坦桑尼亚和土耳其的两个外交官正在热烈交谈着。土耳其的外交官说:

"太美了,美极了,一切都组织得难以想象的好!"

他们从眼前的联欢说到了上午的阅兵。坦桑尼亚外交官竖起拇指说:"中国人民解放军了不起!走得整齐,威武雄壮!"

又是一阵震耳的轰鸣。欢乐的人群上空,彩龙飞舞,银星闪闪,不同肤色的人们再次发出了惊叹。烟火与笑脸同映水中,礼花和心花一起怒放。

在各个联欢区里,到处都有闪烁的红五星。联欢的人海中,有解放军指战员6000人,与首都各条战线的青年男女同庆佳节。

联欢的这些指战员中,有许多是在培养"两用人才"、学习科学文化知识的活动中涌现出来的积极分子。

今晚,他们欢快地跳着,舞姿轻盈,欢乐之情溢于言表。

当人们欣赏着多姿多彩的礼花的时候，当凌空竞放的礼花把喜悦的天空照耀得如同仙境的时候，当全国人民为国庆 35 周年欢庆举杯的时候，武警北京市总队礼花部队的干部、战士们正在紧张地执行着任务。

礼花部队为了保证国庆的需要，进行了各种严格规范的训练。指挥员们深知：1984 年的国庆节，首都的放花规模将是中国历史上空前的；国庆节那一天，将以天安门广场为中心，东至工人体育馆、通县城，西到门头沟、石景山，南至丰台，北至中关村 7 个点上施放 150 多个品种的礼花弹 15 万发。

训练场上，官兵们紧张地进行着各种规范动作的训练。他们心里装着雄伟庄严的天安门广场。他们知道在举国欢庆的夜晚，自己的任务能否完成关系十分重大。

礼花炮、电动发射器和连珠花盘成 3 个一字形摆开。最引人注目的是高 1.5 米的礼花炮。

那口径 180 毫米的银灰色炮筒，在 3 根炮脚架的支护下直指苍穹。

头戴耳机的分队长徐洪彪精神抖擞地在现场指挥，他是这里的"中枢神经"。只要他揿下控制器的点火按钮，绿灯闪后，10 门礼花炮立即会发出"嘭"的声响，震撼天地，将礼花弹送上四五百米的高空。

礼花弹，一个就约有 2 公斤重，是一个圆球形的东西，下面还有一个像把手似的直筒。就是它，能在天宇播种百花，似"天女散花"的七仙女。

还有一种礼花弹用的是电动发射器。在许多课桌般高低的铁台上，竖排着 32 根比大拇指略粗的发射钢管。电钮一按，32 发礼弹同时呼啸着向 150 米的天空冲刺。这种礼花弹和部队装备的信号弹的大小、形状和发射高度都差不多，战士们在平时就称其为"信号弹"。

草绿色的连珠花盘酷似一个硕大无比的"蜂窝"。如果把位于"蜂窝"中心的擦火板擦着，一个个"蜂房"会由里向外，逐个朝 60 米的低空喷出光彩夺目的串串彩珠或束束霞光。天安门广场就沉浸在这"彩光与鲜花"的绚丽之中。

19 时 50 分，随着指挥员一声令下，精心编排的品种组合同时燃放，构成国庆 35 周年那壮丽的礼花图画。

二、 会场布置

● 10 月 1 日这天，大红的灯笼和古红色的楼体
  把整个城楼装扮得喜气洋洋。

● 那一株株争奇斗艳的鲜花为节日的首都增添
  了喜庆祥和的气氛。

● 荣高棠同志第一个喊了起来："哎呀！好气
  派，大手笔啊！"

组织修缮天安门城楼

1984 年 10 月 1 日这天，天安门城楼被修饰一新，大红的灯笼和古红色的楼体把整个城楼装扮得喜气洋洋。城楼大殿厅内安放的重新制作的 17 盏古雅的大型玻璃宫灯，古朴庄重，别具特色。

为了办好这次庆典活动，国庆前夕，党中央决定重新修缮天安门城楼。

天安门城楼早在 1949 年开国大典时和 1952 年都进行过修整。20 世纪 60 年代末 70 年代初，由于邢台地震波及天安门，使天安门的结构严重毁坏，国务院决定重建天安门。这个工程在周恩来的亲切关怀下，仅用了 3 个多月的时间就胜利完工。

此次，为迎接 35 周年的国庆，使天安门重放异彩，党中央决定再次修缮天安门。

在本次修缮中，技术人员提出，应将天安门城楼上于 20 世纪 70 年代改画的"西番莲"变为原来的"金龙和玺"，还原这座古建筑的本来面目，这样才显得和谐自然，才与这座有 500 多年历史的古迹地位相符。

这个意见反映到国务院副总理万里那里，万里当即批示"同意"。这一决定，终使天安门城楼恢复了殿内原有的风貌。

红色是天安门的主体颜色，多少年以来，天安门上所用的红色涂料一直是铁红粉，也就是红土的浆液，人们称之为"广红"。"广红"的特点是古色古香，深沉大方，用在天安门这座古建筑物上，更加显示出城楼的尊贵和雄伟。但铁红粉黏合度太低，涂到墙上，日晒之后容易粉化；而雨天之后，墙上就会出现"泪痕满面"的迹象，墙脚还会积下红水；晴天之后，漆皮则开始剥落，严重影响天安门的形象。

　　为解决这一现象，众多厂家和技术人员开始攻关。不久，七六一厂工程师罗明富率先攻克难关，他经过反复研究、调查，发现古建筑物的外表质地十分疏松，涂料需要有特殊的附着力和渗透力才能使用。

　　经过他不懈的努力，适用于天安门等古建筑的专用漆——"815型"古红漆，终于在1983年研制成功。这种漆具有不反光、不褪色、耐寒冷、耐日晒、耐雨淋等优点，而且色调与铁红粉类似，明快而不妖艳。

　　34周年国庆大典前，负责修缮天安门城楼的工作人员为城楼重新粉刷了"815型"古红漆，使天安门重新焕发了光彩。

会场布置

天安门广场花团锦簇

1984 年 10 月 1 日，宽阔的天安门广场汇成了鲜花的海洋，35 万盆鲜花把北京装饰得分外美丽。

那一株株争奇斗艳的菊花、月季、一品红、藿香、荷花菊等盛开的鲜花，构成了金秋北京独有的风韵和景致，为节日的首都增添了喜庆祥和的气氛。

这是新中国成立以来，第一次在天安门广场摆放鲜花。

为了使节日期间的天安门广场显得庄重美丽，国庆筹备委员会将天安门广场的布置工作交给了市园林局全权负责。

园林局接受任务后，为增强节日气氛，经过研究，提出用自己培育的鲜花装扮北京。这一想法得到了北京市领导的支持。

把天安门装扮得更加美丽，是每一个花卉工人的心愿。

为了让各种花儿能够在国庆期间在天安门广场竞相开放，当春天幼苗从土中钻出后，花卉工人就细心地开始给幼枝上盆、换盆。

为了让菊花花型丰满，保持相同高度，职工们半蹲在花地里，忍受着蚊虫叮咬给菊花"掐尖"。

一品红做弯造型、菊花花头拨蕾等工序，不能在清晨水足枝嫩易脆断时进行，他们只能在盛夏的中午头顶烈日完成任务。

为了让四季鲜花于金秋十月同时竞放，园林花卉职工凭多年积累的经验，采用了施肥、修剪、"短日照"等办法。

广场摆花时间在 9 月的中下旬。

这段时间，园林花卉职工日夜兼程地运花和扎制坛架，使人们在不知不觉中产生了"忽如一夜春风来，千朵万朵鲜花开"的感觉。

为使鲜花不败、绿叶不衰，职工们每天都要精心看护，早晚各浇一遍水，24 小时轮流值班。骄阳下、秋风里、夜幕中，园林花卉工人认真守护，兢兢业业。

他们的辛勤劳动，换来了国庆的满园春色，赢得国内、国外来宾的交口称赞。

为装扮国庆节日的天安门广场，园林花卉工人们洒下了辛勤的汗水。鲜花是美丽的，天安门是美丽的，园林花卉工人的心灵更是美丽的。这美，摄入了游人立照的瞬间，留给了人们美好的回忆。

会场布置

动态图案使庆典更隆重

在 35 周年国庆大典上，天安门广场用红旗、花朵和彩色气球组成的巨大国徽图案以及"祖国万岁"、"振兴中华"和"中国共产党万岁"等特大字形，不时引起人们的声声惊叹。

这是国庆筹委会指挥 10 万名青少年学生组成的组字图案。在国庆庆典上，不断变换的彩色组字图案，渲染了节日期间的热闹气氛，点明了庆典的主题，给与会者留下了深刻的印象。

从 10 年国庆大典开始，直至 35 周年大庆期间的历届国庆节，天安门广场队伍的队容基本上没有什么大的变化。广场组字除国徽图案不变外，其他组字标语内容，根据当时的形势和中央颁布的口号，都有部分变化。

虽然广场队容多年来少有变化，但每次都不觉得单调陈旧和重复。中间也曾有人提出过能否大变样子，不搞组字摆花坛，比来比去，都认为不成，不如原来的方案有气派。

国庆 35 周年第一次恢复游行、阅兵，广场组字提前搞了一次联合大演习，中央和北京市的有关领导在天安门上观看，当"振兴中华"等特大字形轮番出现时，国家体委顾问荣高棠同志第一个喊了起来："哎呀！好气派，大手笔啊！"演习一举成功，顺利通过审查。

　　天安门广场上10万群众以组字为主体，历年国庆都要更换大部分新人，但他们都能很好地完成任务。其中重要的原因之一，就是有关工作人员积累了一套比较完整、科学的工作经验和方法，保证了组织工作的成功。

　　就以组字来说，色彩、服装和道具对组字队伍，包括镶边队伍，不要求统一着装，只要求服装整洁。组成国徽部分的花朵要按国徽的颜色制作。年号部分则按红底黄字要求制作。镶边队伍所持花朵为五颜六色的杂花，以显现出色彩斑斓的效果。队伍所用10万多朵纸花全由北京市绢花厂统一制作。

　　制花，运花，把花发到每一个人手中，核对花色、数目，储存保管等一系列工作都十分繁重。

　　花的制法，最早是在一根竹批儿上扎一朵直径约50厘米的大纸花。后来为了运输、保管、携带方便，改制成可折叠的花球。

　　为了节省纸张并保证最佳效果，又将圆形花球改成扁平花球，举花时要求球面最大的一面向着主席台，使花显得更加丰满。

　　少先队的前数排，穿着统一制作的白色服装。队员持花环、花篮，装饰美观大方，表现出青春的活力，象征着祖国的未来。同时制作上万个小的彩色气球，在大会开始和结束时由少先队员施放，以增加节日的欢乐气氛。

会场布置

上万个小气球的灌气制作，从国庆当日凌晨就开始了，地点在东单。制作之后由少先队带入会场，防火、保卫等工作都十分严密。

天安门广场周围有由 400 面大红旗做的广场围屏。气球、标语和花篮以及广场上空的大气球由中央气象局负责灌制和施放。

广场北侧上空由 5 个大气球做成宫灯形状，两侧再装饰两个大花篮，由大气球吊起。

广场的东、南、西面有气球悬挂的大幅标语 12 条，上书中央颁布的节日主要宣传口号。早先这些悬吊标语的大气球，均为广州生产的 2800 克红色气象专用的乳胶气球，每个球要灌 6 立方米氢气，充气后球的直径为 3 米。气球做成宫灯形，外罩以红色棉布。

这些任务，对于直接从事国庆节天安门广场队伍组织工作的具体工作人员来说，既光荣又艰巨。

每年的组织工作，他们都要精心设计、精心组织、精心施工、精心操作，对任务中任何一个细小的环节，都不敢掉以轻心，疏忽大意。

事前他们要把各种可能发生的意外都想到，并准备好应急措施，以防遇事惊慌失措。

尽管这样，也还出现过种种意料不到的险情。

有一次，少先队员手持的几千个小气球，在开会期间，突然起火，烧伤了一些少先队员。主席台马上电话查问怎么回事。有关人员及时处理了现场，未发生什么大事。后来开专门会议查找原因，一致认为防火措施十分严密，不可能出现明火。但气象局的专家们指出，氢气不遇明火是不可能燃烧的。经过反复研究，最后确认，可能是少先队员的头发与气球摩擦产生静电，再加上气球在阳光下暴晒破裂，氢气遇静电打火，致使引燃大片小气球。

有了这个教训后，后来规定持球引线加长，超过头顶，少先队女孩不许戴硬发卡，以防扎破气球。

对于广场指挥部来说，最担心害怕的有两件事。

第一件事是怕组字出错。万一出错，比如"中国共产党万岁"中有一个字的笔画未出来，就将造成严重的政治影响，后果不堪设想。

组字工作看似简单，但实际上很复杂。要使七八万人用不同颜色的花组成那样复杂的若干套图案，不允许一个人举错花色，不要说百分之一、千分之一，就是万分之一的错误也不许有，还有什么工作有这么严格的要求呢？这个艰巨的任务，是靠坚强的党性和高度的责任心来保证完成的。各级党委把这种责任心落实在几万组字大军的每个成员的心坎上，才出现了若干年差错率为零的奇迹。

最担心害怕的第二件事是死人、伤人。

在举行国庆大典时，天安门广场要用四五百瓶氢气灌制气球，这是巨大的易燃、易爆的危险品。平日就是在制氢的工厂，公安部都不准集中存放。过去迎宾时曾

会场布置

发生过一只 2800 克的氢气球在博物馆门前放气时失火爆炸，致使若干人受伤的事件。

现在几百瓶氢气要集中在节日期间运进广场，万一在操作上某一个细小环节没注意到，发生爆炸，死伤人数将不可估计，甚至将使整个国庆节的庆祝活动无法进行。

可以说，工作人员是在冒险工作。在整个运气、灌气过程中工作人员不敢离开现场一步，安全、警卫、消防一系列工作，都严格把关。操作过程的每一个细节事前都要想到，一切工作都要按照一整套严格的工作程序进行，不敢有一点差错。直到充气完成，甚至直到全部气球升空，大家才松一口气。

由于各级工作扎实，落实得好，国庆节庆典既保持了热烈壮观的浩大声势和热烈场面，又保证了良好的秩序，受到了各级领导的一致好评，也得到了与会观众的交口称赞。

三、 阅兵训练

●万里指示：这次阅兵，一定要搞好，以振奋
  人心，鼓舞士气，扩大国际影响。

●李庆善副部长亲自动员："请大家再过几个
  月的军营生活，再流几盆汗。"

●美国空军上校对中国空军参谋长说："你们
  飞行员的技术真了不起！"

中央布置阅兵筹备工作

1984 年 10 月 1 日，天安门广场。

在高昂、雄壮的分列式进行曲中，我陆海空三军、武装警察和男女民兵、机械化部队，组成整整齐齐的 42 个方队，威武雄壮地接受了党和国家领导人的检阅，向全国人民，也向世界人民展示了中国人民武装力量的英姿。

许多国家在重大庆典中都有阅兵的传统。中国人民解放军也有自己的阅兵传统。

在革命战争年代，每逢出征或进行重大战役前后，部队都要举行阅兵。1949 年新中国成立时，根据中国人民政治协商会议的决定，把阅兵作为国庆大典的一项重要内容。阅兵仪式显示了军威，鼓舞了士气，也振奋了民众的精神。

1984 年的阅兵筹备工作从前一年的 11 月就提到了中央的议事日程上。

1983 年 11 月中旬，中共中央书记处召开专门会议，研究布置 1984 年国庆庆祝和阅兵工作的筹备事项，确定成立首都国庆 35 周年庆祝活动领导小组。

领导小组由中共中央政治局委员万里、杨得志、乔石，国务院副总理田纪云，以及北京市委书记段君毅组成，由万里任组长，杨得志任副组长，日常工作由乔石、田纪云负责。

11月15日，为贯彻中共中央的决定，中央军委副主席杨尚昆主持召开研究部署35周年国庆阅兵会议。会议确定了以下5个阅兵事项的重要问题：

1. 受阅部队1.5万～2万人，通过天安门的时间不超过一小时；

2. 受阅部队要着新式服装，武器装备要新一点、精一点、好一点；

3. 改变阅兵程序，由阅兵总指挥向中央军委主席报告后即阅兵，国防部长不再讲话；

4. 整个受阅部队的组织工作，由阅兵领导小组负责；

5. 受阅部队来京集中不要占公园，可以占机场。要搞好阅兵基础训练、合练和预演。

12月10日，根据中央军委会议提出的5条阅兵要求，首都国庆35周年庆祝活动领导小组组长万里在中南海亲自主持召开了第一次领导小组会议。

会上，领导小组全体成员共同研究了35周年国庆活动问题，并决定成立阅兵领导小组。

经过大家的研究讨论，小组成员一致推选由杨得志担任阅兵领导小组组长，北京军区司令员秦基伟、总后

阅兵训练

勤部部长洪学智、副总参谋长何正文三人任副组长。

同时，庆祝活动领导小组领导要求阅兵领导小组在北京军区成立阅兵总指挥部，以便吸收各军兵种和总部有关人员能够参加这次阅兵。

会上，庆祝活动领导小组长万里特别指示：

> 这次阅兵，陆海空三军、人民武装警察和民兵都要参加，一定要搞好，以振奋人心，鼓舞士气，扩大国际影响。

12月12日，首都阅兵领导小组成立。

12月27日，以北京军区为主成立了建国35周年首都阅兵总指挥部，秦基伟任总指挥，北京军区副司令员马卫华、参谋长周衣冰任副总指挥，并由军委各总部、各军兵种、国务院有关部委和北京市的领导组成阅兵指挥部办公会议，下设办公室，对阅兵筹备工作实施集体领导。

阅兵指挥部成立后，阅兵的各项工作得以迅速展开。

阅兵指挥部制定阅兵方案

12 月下旬，秦基伟、马卫华、周衣冰等人主持研究制定了阅兵方案。方案规定：

受阅部队 1.037 万人，各种作战飞机 117 架，导弹 189 枚，坦克装甲车 205 辆，火炮 126 门，火箭布雷车 18 辆，轻武器 6429 支，汽车 2216 辆，组成 46 个方队。

其中，地面方队 42 个，包括 1 个仪仗队，6 个军事院校方队，5 个徒步方队，水兵、空降兵、女卫生兵、武装警察各 1 个方队，2 个三〇二反坦克导弹方队，7 个炮兵方队，1 个火箭布雷车方队，1 个五二三轮式装甲输送车方队，3 个六三式履带装甲输送车方队，6 个坦克方队，1 个海军导弹方队、2 个地空导弹方队、1 个战略导弹方队，男女民兵各 1 个方队。每个徒步方队为 14 个排面，每排 25 人，包括 2 个领队共计 352 人。

车辆方队比国庆 10 周年阅兵增加了 4 个排面，每排 3 辆车，加上 2 辆指挥车，共 14 辆车外，其他方队均为 4 个排面，每排 4 辆车，加

阅兵训练

上 2 辆指挥车，共 18 辆。

空军方队共有 4 个，最大的机群为 9 机编队。

1984 年 2 月 8 日，杨得志主持召开阅兵领导小组会议，审议阅兵方案。

3 月 2 日和 5 日，周衣冰受阅兵领导小组委托，分别向中央军委常委和中央书记处汇报了阅兵方案，并获得批准。

随后，按照已经批准的阅兵方案，航空兵飞行方队由空军抽组。徒步和车辆方队分别由 9 个大单位抽组：北京军区组成 28 个方队，海军组成 3 个方队，空军组成 4 个方队，第二炮兵组成 1 个方队，军事学院、炮兵学院、装甲兵学院和武装警察部队总部各组成 1 个方队，北京市组成男女民兵各 1 个方队。

3 月 20 日，各受阅方队组建完毕，开始进行阅兵前的训练。

为了搞好阅兵训练，开训前阅兵总指挥部根据当时的部队训练改革的成果和历次国庆阅兵的经验，拟制颁发了《国庆 35 周年受阅院校、部队训练要点和要求》、《1984 年国庆受阅部队队列动作规定》、《受阅部队单个军人队列动作毛病的纠正方法》、《徒步方队阅兵训练成绩评定标准》和《机械化方队阅兵训练成绩评定标准》。这些规定和标准，使阅兵训练有了具体依据。

阅兵训练按以下5个步骤完成：

第一步，从1984年3月至5月。徒步方队主要进行单兵基础训练，着重练好端正庄严的军人姿态、正确的步伐、准确的步幅及步速。车辆方队和飞行梯队的驾驶员，重点进行驾驶技术训练。

第二步，6月1日至7月15日。主要组织地面方队和空中梯队分别进行综合训练，逐步达到整齐划一、威武雄壮的要求。

第三步，7月16日至8月15日。按阅兵程序组织地面方队和空中梯队进行4次合练。重点是模拟演练阅兵式和分列式。

第四步，8月16日至9月5日。利用晚上时间，在天安门广场进行适应性训练，以熟悉阅兵程序、指挥方法和场地环境。

第五步，在9月6日至23日，进行预演。

9月6日夜间至7日拂晓，参加阅兵的全体战士进行了第一次预演。中央军委领导人、阅兵领导小组和阅兵总指挥部办公会议成员审查了这次预演。各军兵种、北京军区、武警部队总部、北京市和有关部门负责人，以及军内外7000多人参加了这次预演。

9月22日夜间至23日拂晓，受阅部队与群众游行队

阅兵训练

伍联合举行了第二次预演。这次预演主要解决分列式与群众游行队伍的衔接问题。

万里、杨尚昆、秦基伟审查了这次预演，并给予了很高评价。

从 1983 年 11 月至 1984 年 9 月，在短短的不到一年的时间内，各受阅部队即以其严格的训练和不辞劳苦的精神，为全国人民展示了一场高水平的演练队形，大显了中国武装部队的神威，令世界对中国军队刮目相看。

国旗方队精彩"亮相"

在 1984 年国庆阅兵式上，国旗方队的 976 名战士，身穿雪白的青年服，足蹬锃亮的黑皮靴，和着《歌唱祖国》乐曲的节拍，踏着整齐豪迈的步伐，头顶着鲜艳壮丽的五星红旗，英姿飒爽，步履整齐地行进在长安大道上。

他们高水平的"亮相"，赢得了人们热烈的掌声。从此，荧屏上长久地留下了他们动人的、令人难忘的镜头。

然而，这一瞬间的精彩亮相，不知凝聚了多少人的心血，挥洒了探索者的多少汗水。

在这里有不少有趣的插曲，也有许多催人泪下的感人故事。

20 世纪 50 年代初，群众游行是以少先队为先导，其次是工人队伍。1950 年国庆，群众游行总指挥部要求工人队伍的队头举一面特大号国旗。特大号国旗需要特大号的旗杆，这就需要一个有超常臂力的举旗人。由于没有找到合适的人选，指挥部便决定将国旗的幅度改得适中一些，之后找来一个杂技团耍大刀、拉硬弓的，叫张宝忠。预演时，大家都比较满意，于是张宝忠便成为仪仗队最早的国旗手。

这次游行，工人队伍队头虽只有一名国旗手，但这是仪仗队最早的雏形。

1956 年国庆，仪仗队中的国旗方队首次出现。国旗方队由 9 人组成。此时的旗手是铁路工人王志强。8 名女护旗手分为三排，组成方阵，王志强在第二排中间。

在当时，中国最时髦的服装，男的是中山装，女的是列宁服，流行色为蓝、灰二色，所以整个游行队伍形成了一大片的蓝、灰色。

一些外国朋友看了建议道："游行队伍应增添一些色彩。"

于是仪仗队的男女队员服装率先进行了小改革。男队员由一身蓝改为下身蓝裤，上身白衬衫；女队员穿花毛衣。这样，队容比过去活泼明亮多了，色调也丰富多了。

1957 年国庆大典，国旗方队由 9 人增加到 35 人，分 5 个横排，每排 7 人。旗手在第三排中间，左右各 3 人。护旗队员由北京师范大学女生担任。

女大学生们身材苗条，个头整齐，一律梳着两条长辫，扎着蝴蝶结，一手持花，一手甩臂，步伐矫健，英姿飒爽，令人耳目一新。

女护旗队员上身一律穿长袖的白绸衫，下身为桃红色短裙，白袜黑色半高跟鞋。这一靓丽的新装束，在天安门广场一露面，就受到了中外观礼者的交口称赞。贺龙元帅在天安门上大声叫好。

1962 年，国旗方队扩大为 77 人，7 排，每排 11 人，旗手在第 4 排中间。1964 年国庆 15 周年时，国旗方队增加到 91 人，仍为 7 个横排，每排 13 人。旗手前后各有 3 排，左右各有 6 名护旗队员，方队比过去雄壮威武多了。

1984 年，一度中断的国庆庆典活动又恢复了，作为先头的国旗方队，将重新在天安门前亮相。

指挥部的同志们从刚组建就开始认真拟定设计方案。经讨论，大家认为由解放军战士来承担这个任务最合适。

指挥部的同志们经过周密计算，国旗方队需要 976 人。其中，组合国旗的 275 人，镶边的 701 人，后备的 21 人。这么多战士到哪里去找。

正在人们焦急之时，有人得知铁道兵要转编为铁道部工程指挥部，于是，游行指挥部找到铁道部。铁道部领导非常重视，经严格挑选，如数抽齐国旗方队队员，并将石家庄铁道学院作为训练基地。

训练开始时，铁道兵工程指挥部李庆善副部长亲自作了动员："为完成这一光荣任务，请大家再过几个月的军营生活，再流几盆汗，以优异成绩向国庆 35 周年献礼。"

这次国旗方队的组合，人数多，训练任务非常繁重。战士们每人头上顶着国旗，双手要举起扣住国旗的每条接缝，走不了几步，两臂就发酸；行进时，抬头看不见前方，还要踏正步，的确很苦。

当时又值三伏天，每次训练，队员们个个满头大汗，浑身湿透，连鞋里都能倒出水来。

29 岁的程志强，被北京卫戍区副司令员邱巍高将军

阅兵训练

亲自选定为阅兵军旗手。军旗手是整个受阅大军的排头兵，数十个方队、成千上万的受阅大军都要跟着军旗手的步伐前进。

程志强接受了这个无比光荣而又非常艰巨的任务后，很快就投入了训练。

当时，北京气温高达 40 摄氏度。没有一丝阴凉的操场上，程志强扛着"八一"军旗走着正步。

"八一"军旗的旗杆是用铝铁制成的，重 7.5 公斤，高 6 米，直径 3 厘米，加上旗帜和风的张力，整个重量在 50 公斤上下。这么沉的旗杆要保证它始终直立不抖动，在一般人手里攥上 10 多分钟，就会胳膊发酸，把持不稳。

更难的是，不管风力大小、风向如何变化，军旗手必须始终做到军姿绝对标准，步幅绝对准确，步速绝对均匀，走向绝对笔直。

为了练好举旗，程志强把旗杆换成重上好几倍的旧钢管，再给钢管里灌满沙子，每天上千次地重复训练举旗、劈旗动作。

由于程志强的双手日复一日地与金属旗杆摩擦，手掌特别是五指连接处，破皮溃烂，长满了血疱。

他白天训练，晚上还骑着自行车到天安门广场，反复熟悉和丈量阅兵路线。在上百次的丈量之后，他发现预定的 743.25 米阅兵线，恰好是 1984 块方砖，他用标准的正步步幅量出这段距离要走 991 步，8 分 33 秒。

他把这些数字牢牢记在心里，按照距离调整步幅，每天都要顶着高温练上几十个来回，把训练场"搬"到了天安门广场。

为了练习踢腿功，程志强在小腿上绑上沙袋，在皮鞋上钉了两层鞋底，再钉上8个大号铁掌。

每天训练结束后，他的皮靴里都能倒出汗水来。短短几个月，程志强硬是练坏了5双这样的大头皮鞋，磨破了15双军棉袜。

负责阅兵训练的邱巍高将军，放心不下担负军旗手的程志强，有一次他决定单独考核程志强。那天，程志强撑着被4级风刮得猎猎作响的军旗，抬腿带风，落地有力。身后跟随将军前来的参谋用钢卷尺测量，每一步都是标准的75厘米。将军满意地笑了。

一分汗水，就有一分回报。在国庆35周年阅兵式上，976人组成的国旗方队，通过了共和国的检阅，也通过了历史的检阅；他们向全世界展示了中国军人的风采，完成了光荣、神圣的使命，为祖国争了光，为中国军人争了光。

阅兵训练

机械化方队的训练措施

履带滚滚，车声隆隆；铁甲闪闪，大地震颤！

1984 年 10 月 1 日，在天安门广场的阅兵式上，当 18 个徒步方队的分列式通过天安门广场后，24 个机械化方队又排着整齐的队列，气势雄壮地驰进了人们的视野。这条汇集了装甲输送车、火箭布雷车、新式坦克、火箭炮、加农炮、榴弹炮的钢铁巨流，霎时吸引了在场观众以及中外媒体的全部目光。

用现代化武器装备的中国人民解放军受阅方队以浩大的气势、精良的装备展示了我军威国威，引起了国内外的强烈反响。人们高度赞扬了这次国庆阅兵所展现的人民解放军的建设成就和精神风貌。

10 月 5 日，邓小平向受阅的陆海空三军、武警部队和民兵发布嘉奖令。嘉奖令指出：

这次阅兵，你们以崭新的风貌，严整的军容，雄壮的气势显示了国威、显示了军威……深刻反映了党的十一届三中全会以来，中国人民解放军在革命化、现代化、正规化建设上所取得的巨大成就，充分展示了我军武器装备已经提高到一个新水平，生动表现了人民军队优

良的军政素质和一往无前的英雄气概。亿万人
民看到了人民解放军的强大阵容，看到了我国
巩固的国防，极大地振奋了民族精神，鼓舞了
爱国热情，增长了实现四化的志气。

接到这个嘉奖令，受阅的机械化方队的官兵们流下
了欣慰的泪水。为了圆满完成国庆 35 周年的受阅任务，
他们克服重重困难，终于向祖国和人民交出了一份满意
的答卷。

早在 1983 年 12 月 29 日，坦克某师就接受了组织两
个坦克方队、一个自行榴弹炮方队和一个一三〇自行火
箭炮方队参加中华人民共和国成立 35 周年国庆的受阅
任务。

师党委接受任务后，立刻从师机关抽调人员组成国
庆受阅领导小组，并按阅兵总指挥部的要求，开始了受
阅方队的组建工作。

在人员的挑选上，他们按政治、形象、技术三项要
求严格把关。

在车辆的调用上，他们挑选了技术状况最好的车。

按照这些标准，经团、师、军逐级把关调整，至
1984 年 2 月中旬，四个方队的人员、车辆组建完毕。

两个坦克方队分别以两个坦克团的第二营为主编成，
两个自行火炮方队分别以炮兵团一、三营编成。

四个方队共有受阅人员 463 人，其中预备人员 80

阅兵训练

061

人；受阅车辆 80 台，其中坦克 40 台，一二二自行榴弹炮和一三〇自行火箭炮各 18 门，装甲输送车 4 台；保障人员 384 人，保障车辆 33 台。

训练前，他们采取师、团、方队三级结合的方式，深入广泛开展了"我在阅兵中位置"的教育和讨论，并通过学习阅兵总指挥部有关文件和首长指示，使大家认识到这次阅兵的重大意义，增强其光荣感。

然后，他们又针对指挥人员、正式乘员、预备乘员以及保障人员的不同思想反映，引导大家着重摆正了个人与全局、主角与配角、直接与间接的关系，从思想上明确了自己的位置的重要性，增强了责任感。

通过这些活动，全体官兵一致表示要全力以赴、奋力拼搏，走出国威，走出军威，为坦克师的历史谱写新的篇章。

3 月 6 日，坦克、自行火炮驾驶员全部集中到驻地附近的一个河套，开始了单车的骑线、卡距、匀速和列标齐四个课目的基础训练。

骑线，是训练驾驶员掌握车辆直行的技能。

卡距，是训练驾驶员掌握与前车等距行驶的技能。

匀速，是训练驾驶员掌握车辆 10 公里时速运动的技能。

列标齐，是训练驾驶员掌握与左右车标齐的技能。

这些训练内容，都是一个方队成方成块、标齐走直、等速运动的基础。

训练开始,暴露出不少问题。有的是骑线不正,车辆左右偏差很大;有的时速快慢不匀,卡距不准,排面标不齐。经过分析研究,他们认为出现问题的原因有两个:

一是没有适用的训练器材,驾驶员单靠车上原有的设备很难准确掌握方队的驾驶技能;

二是驾驶员技术基础差,训练组织也不够细致严密。

原因找到后,国庆受阅领导小组组织技术骨干利用高射机枪瞄准镜制成基准车的骑线卡距镜,并把车上潜望镜改制成僚车标齐骑线镜,还制作了骑线检查尺、小油门调节器和脚油门限制器。

在训练的组织指导上,他们采取了细训、过关的方法和制度。就是把各项训练内容,区分成若干具体动作,一个动作一个动作地进行细训,并且每训一个动作都要进行考核验收。这一动作不过关,不进行下一个动作的训练。

在驾驶员进行基础训练的同时,其他乘员在营区进行了以立正、齐步、敬礼为主要内容的队列训练。

他们除了抓技术训练外,还注重抓部队以"看三相"、"听三声"、"抓三讲"为主要内容的养成训练。

所谓"看三相",就是看坐相、走相、站相;

"听三声",就是听歌声、掌声、口号声;

"抓三讲",就是讲军容、讲礼貌、讲纪律。

在受阅训练过程中,凡是部队集会,都要进行上述

阅兵训练

内容的检查评比，干部、战士做得也很自觉。例如，有时开会，为检查大家的"坐相"，会议中间不安排休息，连续进行 4 个小时之久，无一人摇头晃脑做小动作。

再如"听三声"，只要部队集体活动，各方队都主动地唱歌拉歌，此起彼伏，非常活跃。

4 月 21 日，部队基础训练告一段落，由河套撤回营房，做转驻阅兵村的准备工作。

遵照阅兵总指挥部指示，这个师炮团的两个方队担负进驻阅兵村的安家试点任务。他们在 4 月 29 日先行进驻阅兵村后，从营区美化和宿舍、俱乐部、会议室、食堂的布置等方面，进行了认真的准备。

阅兵总指挥部于 5 月 9 日召开了设营现场会，参加会议的首长对这两个方队的安家试点工作给予了很高评价。

两个坦克方队于 5 月 11 日和 14 日也分别进驻了阅兵村。

部队自 5 月 15 日起到 5 月 31 日，主要进行了安家和训练准备工作。安家方面，大家按照统一要求，把营区道路、帐篷、内务等方面整理得整齐清洁，还用各种花卉美化了道路两旁。

当时正是春暖花开之际，各种花卉争奇斗艳，加上战士们欢快的歌声、笑声，阅兵村成了美的乐园。

从 6 月 1 日开始，部队组织进行了单路卡距、单列标齐、双路、双列和单列方队综合训练。

在方队综合训练合训之前，他们遵照阅兵总指挥部和分指挥部的指示，在坦克某团抓了方队综合训练，摸索了履带车辆方队综合训练的方法、步骤和质量标准。

6月中旬，阅兵总指挥部和分指挥部在坦克某团召开了机械化方队综合训练现场观摩会，对该师组织方队综合训练的经验给予了肯定和推广。

7月16日至8月30日，参阅部队由分指挥部组织车辆方队合练。坦克师4个方队先后9次参加合练，每次合练都按实际阅兵的程序进行。

为检验训练效果，找出问题，分指挥部从各单位抽出了部队训练的组织者，负责检查各方队时速、标齐、方距情况。开始问题较多，经几次合练后，质量逐步提高，总指挥部首长最后验收时非常满意。

受阅是一项光荣的任务，而受阅训练则是一项艰苦的工作。基础训练的时候，正是春季，多风少雨，使用的又是沙石场地，车辆一动就卷起滚滚尘烟，乘员一天训练下来，土油混合物粘满全身。进入合练阶段后，又值三伏天，烈日当空，气候炎热，坦克里犹如蒸笼，进去就是一身汗。

为使受阅人员始终保持旺盛的训练热情，各个方队在加强后勤保障服务工作的同时，特别重视训练场的思想政治工作。

训练场上彩旗飘扬，用不同颜色书写的"为国争光，为军队争光，走出国威，走出军威"和"奋力拼搏，苦

阅兵训练

练技术"等内容的板报，整整齐齐地摆放在场地周围。这种催人进取、促人向上的气氛，使受阅人员每时每刻都受到很大的感染和鼓舞，他们以极高的热情战胜了苦累关，攻克了一个个训练难关，较好地完成了基础训练任务。

9月6日和22日，坦克师分别参加了阅兵总指挥部在天安门组织的第一次和第二次预演。每次预演，两个坦克方队和两个自行火炮方队的人员、装备都从机场火车站装载，分别输送至北京汽车制造厂和化工厂卸载，尔后编队进入阅兵式位置。

为不影响首都的交通和人民的生活、工作秩序，两次预演都在夜间进行。然而，浩浩荡荡的受阅方队，壮观的阅兵式、分列式场面，还是吸引了千千万万的首都居民。

他们聚集在天安门广场，分布在沿途两旁，观看着，议论着，欢笑着。有的用20世纪五六十年代国庆阅兵使用的武器装备与这次阵容作比较，有的指着这些现代化装备问这问那。整齐的队列，威武的阵容，使他们忘记了一天工作的劳累，沉浸在无比兴奋之中。

两次预演结束后，部队立即进行正式受阅的各项准备工作。这一段日子，干部、战士的心情是复杂的。一方面，经过9个月的训练和准备，接受检阅，展现国威、军威的光荣时刻即将到来，心情激动。另一方面，又有些担心自己在某个环节失误而影响受阅，心情紧张。

部队针对这种复杂的心情，从思想、车辆、物资、安全等方面进行了积极、认真、细致、全面的准备工作。

　　9月30日19时方队开始装载，23时30分输送至卸载站。10月1日7时，方队进入阅兵式位置，10时至11时光荣地接受了党和国家领导人以及人民群众的检阅，顺利圆满地完成了受阅任务。

　　部队返回阅兵村后，坦克师的官兵们不约而同地欢聚在一起，高声欢呼，放声歌唱，激动的心情久久不能平静。

阅兵训练

空军梯队准时飞过天安门上空

1984年大阅兵这天，天安门广场是一片欢乐的海洋，但北京城上空却笼罩在一片雾海之中。在这种恶劣的气象条件下，我空军健儿仍穿云破雾，在规定的时间内准时出现在天安门上空，顺利地接受了祖国和人民的检阅。

空军的出色表演，受到了邓小平和军委领导人的表扬，也令许多外国军事代表团和驻华武官刮目相看。

10月9日，美国空军武官雷诺兹上校在美国驻华使馆招待会上，对中国空军参谋长马占民说："国庆节阅兵那天，我主要是看你们空军。原来以为能见度这么低，缺乏起码的飞行条件，你们空军不会来了。可就在我们议论的时候，你们的受阅机群呼啸而来，编队整齐地通过天安门上空。你们飞行员的技术真了不起！"

雷诺兹上校参加过越南战争，是个先后飞行过F—84、F—105、F—16型飞机的老飞行员。他的由衷赞扬，是对中国空军精湛的飞行水准的充分肯定。

事实上，在如此恶劣的气象条件下飞行，我空军指挥部的同志也捏了一把汗。但飞行健儿凭着他们过硬的本领和顽强的意志，终于向党和人民交出了一份满意的答卷。

1983年底，在党中央决定于国庆35周年之际举行阅兵式的通知下达之前，杨尚昆就召开办公会议，传达了中央书记处关于新中国成立 35 周年在首都北京举行庆祝活动和阅兵的决定，下达了组织国庆阅兵的预令。

杨尚昆指示部队要把阅兵工作搞好：

> 要走得像个样子，要走出军威、走出国威、走出士气！

杨尚昆还要求各军、兵种把最新式的武器装备拿出来，向全国和全世界人民展示。

中央军委和总部对参加受阅的部队提出了严格的要求。其中，对步兵的要求是"一步不差"，对机械化部队的要求是"一分不差"，对空军的要求是"一秒不差"。

空军党委常委和机关各大部领导同志听了军委办公会议精神的传达后，都非常高兴。大家表示，首都国庆阅兵，自 1959 年以后已有 20 多年没有组织了。党的十一届三中全会以后，全国形势一年比一年好，各条战线都取得了令人鼓舞的成就。国庆节组织庆祝活动和阅兵意义非常重大，我们空军的阅兵工作一定要搞好。

这时阅兵的具体方案还没有确定，空军首长当即要求机关组织工作班子进行筹备。

1984 年 1 月，军队受阅的规模和组成基本明确。地面受阅方队 42 个，空军参加受阅的地面方队 4 个，空中梯队 4 个，由空军组织实施。

阅兵训练

空军为了加强对阅兵工作的领导，成立了阅兵领导小组，由空军副司令员王海、李永泰，副政委刘钊，北京军区空军司令员刘玉堤、政委许乐夫以及空军司令部、政治部、后勤部、航空工程部的领导同志张执之、袁正元、李廉方、朱维斌9人组成。

领导小组在空军党委和阅兵总指挥部的领导下，负责空军整个阅兵的组织领导。领导小组的指挥机构是首都阅兵空军指挥部，李永泰副司令员兼任指挥，北空副司令员褚福田任副指挥。这个指挥部负责空军阅兵的筹备、训练和指挥工作，下设指挥、政工、后勤、工程机务4个组，承办空军受阅的具体事宜。

为了有效地实施对空指挥，空军阅兵指挥部开设3个指挥所。

一个是空军阅兵指挥部指挥所，设在北京饭店，人员以空军机关为主组成，由李永泰任指挥员。主要任务是掌握受阅部队的情况，定下空中梯队通过天安门广场合练、预演和正式受阅的决心，并对受阅飞机实施临空指挥。

另一个是中心辅助指挥所，设在通县原高炮七师院内，人员以北空机关为主组成，由北空褚福田任指挥员。任务是向指挥部指挥所提供空中梯队进入北京市进行合练、预演和受阅的决心资料、建议；直接组织空中梯队的合练、预演和受阅；检查考核评定部队的训练质量；等等。

第三个是辅助指挥所，设在天津市蓟县上仓镇，人员以空 6 军机关为主组成，由空 6 军副参谋长陈国良任指挥员，任务是指挥引导各空中梯队准确会合，正确进入基准航线。

此外，空军各受阅部队都成立了阅兵领导小组。

空军部队参加受阅的规模和组成方案，是经空军党委和机关反复研究后确定的。参加受阅的机型，根据既考虑装备要新，又考虑质量可靠，有把握保证安全的原则，确定了"歼－7"、"轰－6"、"强－5"、"歼教－5" 4 个型号的飞机。

为了体现空军革命化、现代化、正规化建设的成就，参加受阅的部队大都是历史上有战功的老部队或先进模范单位。带队长机都是由师长或副师长驾驶。

在空中编队的队形上，也力求独特、新颖，一改过去电影、电视上经常出现的一般战斗队形而为箭队、梯队，再加上飞机彩色拉烟，以烘托节日气氛和体现空中雄鹰威武雄壮的风采。

这样 4 个空中梯队的具体方案是：

第一梯队是领队护卫梯队，以空八师 1 架"轰－6"飞机在前，空三十八师表演大队 8 架"歼教－5"飞机分列两边，队形呈箭头状。通过天安门时，"歼教－5"飞机同时拉出红、绿、蓝、黄 4 色烟带。"轰－6"飞机由空八师师长徐水香驾驶，"歼教－5"飞机由表演大队大队长侯洪仁带队。

第二梯队是"轰－6"梯队，以空八师 18 架"轰－6"

阅兵训练

飞机编成 6 个品字跟进队形，由副师长许振远带队。

第三梯队是"强－5"梯队，以空五十师 32 架"强－5"飞机编成 8 个 4 机左梯队跟进队形，由师长刘珍业带队。

第四梯队为"歼－7"梯队，以空一师、空三师 35 架"歼－7"飞机编成 7 个 5 机箭形跟进队形，由空一师师长魏光修和空三师副师长陈福穆带队。

整个空中编队的总长为 57.86 公里，通过天安门的时间为 4 分 31 秒。

1984 年 2 月中旬，空军召开由有关军区空军和受阅部队领导同志参加的第一次阅兵会议。

这次会议传达和学习了党中央和中央军委关于国庆首都阅兵工作的指示，讨论了空军受阅的任务、方案和各项准备工作。

根据空军党委的要求，各受阅部队立即以各种方式进行了广泛的政治动员。受阅部队中有上千名同志停止了休假，几百名同志提前归队，不少同志带病走出医院。一封封决心书、请战书表明了受阅指战员立志拿出最好的成绩向党和人民汇报的决心。

受阅的空中梯队和地面方队通过天安门广场虽然只有几分钟的时间，但空中梯队近百架飞机从不同机场起飞集合，组成庞大的编队，在指定的地点上空会合起来，以不同的高度、速度和整齐的队形，安全、准时、正确地通过天安门广场，不经过长时间的严格训练是达不到的。

因此，受阅训练是受阅准备的中心工作，其他各项准备则是围绕着受阅训练展开的。受阅训练按基础训练、分练、合练三个阶段进行。

1984 年 2 月，训练工作全面铺开了。

空中梯队的飞行健儿都是经过严格审查、认真挑选的。为了使整个飞行编队的飞行协调一致，抓紧实施统一数据、统一动作、统一标准这一重要环节，各部队成立的技术指导小组和成绩质量评定小组，在对飞行员逐个进行思想、技术、身体考核摸底的基础上，从起落、仪表、编队、航行等基础课目抓起，严格训练。

领导干部不但科学安排计划、组织飞行，还亲自带飞、试飞，掌握第一手资料。飞行员们地面苦练，空中精飞，没有一个叫苦叫累的。

截至 6 月 20 日，平均每个飞行员飞行 102 架次，67 小时，差不多相当于平时 1 年的飞行量。

5 月底至 7 月初空中梯队在完成了中队编队、长机跟进和梯队编队课目以及有关的专项试飞等分练任务后，"歼－7"、"强－5"、"轰－6"梯队陆续进驻遵化、唐山、南苑受阅机场参加合练飞行。

在分练结束、合练阶段即将开始时，空军于 6 月下旬召开了第二次阅兵会议，总结前一阶段的工作，部署合练阶段的任务。张廷发司令员在会上讲了话，他要求这次国庆阅兵的总成绩要超过华北演习和阅兵的成绩，

阅兵训练

要超过以往历次国庆阅兵的成绩，要保证空中和地面的安全，当时概括为"两超一保证"。

空军政治部也在会后发出了给参加国庆首都空军阅兵部队全体共产党员、共青团员的一封信，要求每个共产党员、共青团员都要把"两超一保证"作为奋斗目标。

为了实现"两超一保证"，空中梯队在通县中心辅助指挥所的直接组织下进行合练。为按时准确地集合、会合和通过，飞行员们一秒一秒地卡时间，一米一米地算距离，一个动作一个动作地严抠细训。

经过两个多月的合练，各梯队长机按时到达的平均误差由开始的 7.5 秒减少到 3 秒，航迹偏差也由 59 米减少到 47 米，总评成绩由 4.19 分提高到 4.58 分。处置特殊情况的各项具体措施，也在训练中得到进一步完善。

为了实现"两超一保证"，各项指挥保障工作全面展开了。各级指挥机构在组织指挥合练的同时，进一步完善了受阅实施方案。为了在比较复杂的气象条件下，能有计划地出动部分飞机参加受阅，经过反复计算、论证和试飞，确定了 5 种气象条件下的 5 个出动方案。空军阅兵指挥部在阅兵基准航线上架设了 5 个无线电导航台、5 个烟幕导航点、2 个雷达信标机和 1 部大型盲目着陆雷达；设立了 8 个气象观测站，增配了气象卫星云图接收装置和激光测云仪；还进行了用飞机投撒化学药剂消云、消雾试验。

各级政工干部深入练兵第一线，掌握受阅战士的思想动态，鼓舞练兵热情。政治部组织《空军报》出版了国庆阅兵专刊。空政文工团深入练兵第一线演出节目，教唱革命歌曲，做现场宣传，出战地黑板报等。一有空隙文工团员就为战士们洗衣服、照相、理发、帮厨。他们带去了空军党委、首长和机关对受阅部队的问候，他们的热情像一股清泉滋润了受阅战士们的心。

后勤保障方面，完成了南苑机场的翻修扩建，修建了通县阅兵楼等总面积为 11253 平方米的 62 项紧急工程。遵化、唐山、南苑 3 个场站为兄弟部队驻训创造了良好的条件，他们腾宿舍，让饭堂，深入部队，服务上门，外场优质场次率、航材保障率、油料合格率、电源车一次启动成功率都达到 100％。在通县、沙河阅兵村，后勤服务小分队承担了为战士修鞋、补洗衣服、理发等全部的任务。高级厨师与食堂管理人员一起研究食谱、改善伙食，他们在让战士们吃好、休息好和预防传染病上作出了很大的贡献。

工程机务方面，对受阅的各梯队飞机进行了 7 次大检查。机务部队普遍开展了"我送战友去受阅、我为国旗增光辉"活动，做到故障排除不过夜、隐患飞机不上天，保障受阅飞机的良好率、出勤率达到 100％，误飞率为零。

在天气最炎热、训练最紧张的日子里，空军机关各大部及各军区空军都派出了慰问组，带了各地的土特产到受阅部队慰问。他们带来了全空军几十万指战员的重

阅兵训练

托和期望，表达了空军上上下下为搞好阅兵、实现"两超一保证"的共同心愿。

8月底至9月初，张廷发、王海、李永泰、刘钊等同志到各受阅机场和沙河、通县阅兵村检查工作，军委杨尚昆、杨得志、张爱萍和阅兵总指挥秦基伟司令员等在通县中心辅助指挥所视察了空中梯队合练。军委首长十分高兴地检阅了空中梯队的训练表演，称赞飞行员们飞得好，并作了重要指示。

在盛大节日即将来临和各项阅兵准备工作进入关键的时刻，空军分别于9月10日和9月26日召开了第三、第四次阅兵会议。在第四次阅兵会上，张廷发司令员代表空军党委下达了"关于空军部队圆满完成国庆受阅任务的动员令"。他要求空军参加国庆受阅的全体指战员，要以最高的标准和最好的成绩向党、向人民汇报，要全力实现"两超一保证"的豪迈誓言，要严守纪律确保安全；要严密组织指挥，切实搞好各项保障。

动员令下达后，空一师师长魏光修代表空中梯队、地空导弹四师师长陈洪猷代表地面方队、北空参谋长助理李恩伯代表指挥保障人员发了言，表示了一定全力以赴完成好受阅任务的决心。

会后，各受阅部队纷纷召开了誓师大会，飞机、车辆及其他装备做了最后的检查和准备，等待着祖国和人民的检阅。

国庆35周年这一光辉节日终于来临了。

通过10个月的紧张训练和准备，他们对部队的训练水平和各项准备工作的质量充满信心。唯一使人担心的是国庆节当天的天气情况。现阶段的空军行动，还在相当程度上受天气条件的制约。节日阅兵，更需要有一定条件的天气保证。如因天气不好，空中梯队不能出动或不能按预定计划全部出动受阅，对全空军同志和全国人民，都将是极大遗憾。因天气复杂而造成事故，则更会造成不良影响。因而自9月中旬起，空军各指挥机构就一直在关注着天气的发展趋势。

9月30日，气象部门预告10月1日北京地区的天气比较复杂。这使得空军阅兵的组织者们对气象更加担心。张廷发郑重地向空军阅兵指挥员李永泰副司令员交代，只要天气条件不太坏，应争取全部出动参加受阅。

9月30日夜，空军阅兵指挥机构的气象人员整夜监视着天气的发展变化。

10月1日6时，各级指挥所全额战勤人员就位，检查掌握出动前的各项准备。而各级指挥员关注的中心则是天气。

从北京饭店17楼空军阅兵指挥所向天安门广场望去，整个广场笼罩在一片灰蒙蒙的雾气之中。天空则是低云片片，广场上几个拖着长幅标语的大红宫灯式的气球只是隐约显现，而东长安街上徒步方队和战车方队则早已排列整齐。

随着时间的临近，空军阅兵指挥所内的气氛愈加凝

阅兵训练

重。原来预报 10 时后云量和能见度会略有好转的情况没有出现,反而愈渐变坏了。从卫星云图上看,北京地区的气象条件很差。指挥部派出两架运输机进行侦察,发现阅兵起飞机场和航线上云厚雾重,发展趋势还将继续恶化。而派出的 4 架运输机在起飞机场上空和航线上喷洒化学催化剂消云、消雾的效果却不明显。

这时,党和国家领导人已陆续登上天安门城楼,南苑机场第五梯队的预定起飞时间快到了。但是,南苑机场的雾气很重,能见度不到 300 米。指挥部直接打电话找师长徐水香询问情况。这时,徐水香正在机场根据天气情况向部队布置任务。师长去接电话了,飞行员们都围了上来,就怕取消阅兵飞行计划。

李永泰会同在北京饭店指挥所的王海、刘钊和司、政、后、工的领导研究,根据张司令员的交代,考虑到这次参加受阅的飞行员大多数是飞过复杂气象的,又经过 7 个多月的扎实训练,也有了预备机场着陆的方案和准备,为了顾全整个国庆阅兵的大局,虽然气象条件超出了原规定的条件,还是果断地下定了按计划出动的决心。

各梯队按时出动了。南苑机场的 19 架“轰－6”飞机是在浓雾之中起飞的,在停机坪上等待滑出的飞机都看不清机头前滑向跑道的是哪一架飞机。起飞线塔台看不清飞机滑跑,飞机在跑道上滑行时后机看不见前机,一离陆就看不见地面。但飞行员仍以惊人的胆略,驾驶着雄鹰穿出雾层集合，飞向受阅基准航线。

第三梯队的 32 架"强－5"飞机和第四梯队的 35 架
"歼－7"飞机，也是在超气象条件下集合起飞出航的。

就在空中梯队飞向天安门之际，地面受阅部队踏着
雄壮的军乐，昂首阔步地通过天安门广场。

受阅航线和北京城区上空云低雾重，飞行员们看不
清航线地标，梯队中各编队往往后者看不清前者，给各
空中梯队保持航线和跟进队形造成了极大困难。他们以
坚决完成任务的坚定信心，严格保持飞行诸元，在地面
指挥所的提示下，冷静沉着地驾驶着战鹰，飞向天安门
广场。

10 时 50 分，领队机梯队准时正确通过。护卫机拉出
彩色烟带，后续各梯队除"强－5"梯队有两个中队在云
中丢失前方编队偏离天安门广场外，都按时正确地通过
了天安门广场。这些编队在云雾中时隐时现，有时仅能
听到飞机呼啸声。这种情景虽不如晴空中得窥全貌那样
壮观，但却表现了空军健儿征服复杂天气的坚强意志和
不凡身手。党和国家领导人频频向空中挥手致意，露出
满意和欣慰的笑容。

空中梯队通过天安门后，又面临着安全降落的考验。
由于南苑机场天气太差不能降落，指挥所决定"轰－6"
梯队返山西汾阳机场降落。遵化机场天气也变坏了，需
按复杂气象的解散着陆方法，机载油料不能保证后面几
个编队的安全降落，因而决定 3 个"歼－7"中队去永宁

阅兵训练

079

机场降落，而永宁机场的天气也在变坏。"强－5"梯队由于在云雾中飞行，有的编队已脱离了梯队，也需逐个沟通联系，调整顺序，引导返航。

这次空中梯队通过天安门上空，是在我国阅兵史上最复杂的气象条件下出动的。由于部队训练有素，预有特殊情况处置方案准备，各级指挥保障工作得力，不久，指挥部便陆续传来了各梯队全部在原基地或备降基地安全降落的报告。

就在空中梯队即将全部降落之际，张廷发从天安门城楼给北京饭店空军阅兵指挥部打来电话。他说，空军部队在这样复杂的天气条件下任务完成得很好，党和国家领导人非常满意。这个电话内容迅速传达到各受阅部队，全体参加受阅工作的同志精神十分振奋。

此后的几天内，从一些国家的驻华武官那里也传来了他们对我国空军的评价。他们对中国空军能在这样的天气条件下完成受阅任务，表示赞赏和惊异。空军参加受阅的同志们，不负祖国的重托，只因能为祖国争得荣誉而感到骄傲和幸福。

四、 游行队伍

- 邓小平同志题词：把经济特区办得更快些、更好些。

- 一位学生说："为了祖国母亲的荣誉，训练时流汗掉肉是值得的。"

- 萨马兰奇感慨地说："我一生从来没有看到过这样庄严、这样有组织的场面。"

特区彩车顺利通过西华表

在国庆 35 周年庆典上，当大振国威、军威的阅兵式完毕后，群众游行队伍中一辆反映改革开放和特区建设成就的"大鹏"彩车引人注目。

这只洁白的大鹏神鸟有四层楼那么高，鸟的眼睛不断闪烁着蓝色的镁光，一双展翅欲飞的翅膀上镶嵌着邓小平同志的题词：

深圳的发展和经验证明，我们建立经济特区的政策是正确的。

把经济特区办得更快些、更好些。

这辆彩车，充分表达了特区人民对邓小平提出建设特区这样一个宏伟蓝图的敬佩和感激之情。

建立深圳特区，是邓小平的英明决策。从 1978 年至1984 年，深圳在短短的五六年时间里就实现了经济的腾飞，国民生产总值远远超过了全国的平均水平。

现在，国庆 35 周年大庆就要到了。兴奋的深圳人怎样向国庆大典献礼呢？

1984 年 5 月 2 日晚，由深圳市委常委邹尔康主持，在市文联办公室召开筹备会，研究关于参加 35 周年国庆节北京庆典的彩车设计制作问题。

　　但是，对这项重大的政治题材如何设计，设计师们谁心里也没底。

　　市委从北京市装潢设计研究所专门聘来设计师，把希望寄予他们。

　　可他们也没搞过这类题材的设计，对深圳经济特区的认识也很肤浅，所以，也抓不到要领。

　　领导为了启发他们，组织他们参观国贸大厦。这座大厦以每2至3天一层的惊人速度上升，它以代表"深圳速度"而闻名，而且是此时全国最高层的现代化建筑。他们为有缘先睹刚刚封顶的国贸大厦而兴奋不已。

　　大家随着"铁笼子"电梯徐徐上升，顿然有一种眼界大开的喜悦。平时在地面上看到的那些高大建筑物，不一会儿就全在自己脚下了。

　　远眺过去，只见宽阔的深南大道，像一条绸带似的向天边延伸。密密麻麻的楼房，随着深南路的延伸变得越来越小。转身一看，香港那边的上水、粉岭、新界一带，尽收眼底。整个视野是那样开阔，令人心旷神怡。

　　在楼顶，毛主席的一首诗突然浮现在设计师黄昶的脑海中："鲲鹏展翅，九万里，翻动扶摇羊角。背负青天朝下看，都是人间城郭……"

　　他不禁大叫："有了！有了！"

　　周围的同志不解其意。黄昶赶忙说：

　　"彩车的构思我有谱了！"

游行队伍

他把毛主席的诗句朗诵一遍，进而解释说深圳市临大鹏湾，素有鹏城之称；而深圳市实践邓小平同志改革开放政策，短短几年来就取得了举世瞩目、令人骄傲的成就，其气势就如同一只大鹏神鸟欲展翅九万里。

最后他说："这种博大的气魄与胸怀，借用毛主席的这几句诗来形容，再适合不过了！因此，用大鹏展翅的艺术形象来歌颂小平同志的改革开放政策的正确，来歌颂深圳市的发展前程的伟大，也就再好不过了。"

他的思路得到了大家的认同。就这样，深圳彩车的表现手法很快就确定了。

1984年5月16日，由黄昶代表彩车设计组向深圳市委常委扩大会议汇报。彩车的构思、主题、表现形式、艺术手法等得到了当时深圳市委常委扩大会议与会者的充分肯定与赞扬。彩车设计小组根据领导的意见进一步作了补充与修改，做出的模型送北京有关领导审查。

这一作品，很快受到了国庆节游行指挥部的肯定。游行指挥部的领导、专家、教授们对深圳市彩车的设计构思给予了很高的评价。他们认为大鹏展翅这一艺术形象有气魄，能很好体现深圳特区突飞猛进的大好形势，准确地体现了邓小平同志改革开放的主体思想，是政治性和艺术性高度统一的好作品。同时他们对个别细节提出了宝贵的修改意见。

方案确定后，由设计人员画出施工图，深圳市美术广告公司组织香港威鹏广告公司制作大鹏鸟、彩车车头的装饰及两旁的电子显示器。汽车的车体由深圳夏巴汽车厂有关工程技术人员负责改装。大鹏鸟的放大制作由陈伟等同志监督。广告公司黄鹏经理亲自到电影院去放大邓小平同志的题词，并星夜赶赴广州组织力量加工大小模型20多座。

由于时间紧迫，大家工作得热火朝天。他们上下一条心，不分日夜，不怕疲劳，不计得失，如此巨大的制作工程仅用了两个月的时间就基本完成。

当这只洁白的大鹏神鸟竖立起来后，市委领导同志都露出了满意的笑容。

彩车在深圳市组装调试成功后，又立即拆卸装箱，8月底通过铁路运往北京。

9月下旬，40多位工作人员开赴北京，参加庆典活动。

9月26日晚进行彩排，由黄昶任彩排组组长。

深圳彩车的大本营设在毛主席纪念堂南面、前门箭楼东边。

晚上21时多，天下着毛毛雨，彩车开赴建国门外指定地点集合。刚开到历史博物馆北门，突然听到一声巨响，彩车不动了。顿时，大家惊呆了，黄昶也出了一身冷汗，连毛背心都湿透了，心想这一下可完了，彩车还没完成游行受阅任务就出了问题，怎么交差。大家一时不知所措。

黄昶急忙跳下车，拿着手电沿车巡视察看。听旁人

游行队伍

说，刚才车边上直冒火花。仔细一检查，原来彩车右边的轮子压在一道沟洼的地方，车的裙边正好和地面发生摩擦。

于是，黄昶命令车内的全体工作人员下车，再命令司机启动，车轮离开了沟洼的地方，故障排除了。彩车很快赶赴集合地点。

当大家胜利完成彩排任务时，已是 4 时多了。由于刚开始时在历史博物馆北门外的那场虚惊，他们的衣裳都被冷汗湿透了，加上北京的深秋夜雨，颇感寒气袭人。当彩车开回工地时，彩排的总负责人古世英穿着雨衣打着雨伞在工地门口等候彩排组人员。

他连声说"同志们辛苦了"，并送上了热气腾腾的姜糖水。大家顿感身上的寒气一扫而光。

10 月 1 日上午，深圳彩车顺利地通过了天安门，接受了中央首长们和首都上百万市民的检阅。

大家的感受与以往参加节日游行的感受有很大的不同，他们感到这次如同扮演一个十分重要的角色，明显觉得自己肩上的分量是那样沉重，心情是那样紧张。

特别是当彩车从东华表至西华表，经过天安门前那一瞬间，大家生怕发生任何事故。当时彩车组长坐在司机旁边，面向着车内的工作人员，随时准备着，如果发生故障，他便立即命令大家跳下来推车继续前进，一分一秒也不能耽误！其他同志因为都是首次参加首都的庆祝游行，又是非同一般的游行，所以还不时通过为司机预留的那点缝隙，向外窥望那盛大壮观的场面。

组长不时地提醒大家，要牢记自己的任务，要各自坚守岗位。

按规定，通过天安门的受阅时间是短短的一分钟，可是彩车组的同志却觉得时间是那么长，心情特别紧张。

当深圳的彩车顺利通过西华表时，完成任务后的胜利喜悦之情顿时洋溢在每个同志的脸上。彩车终于在指定地点停了下来。

后来，彩车组的同志听说不少观礼的人都赞扬说深圳彩车的那只大鹏鸟十分雄伟、壮观、有特色。大家的心里都甜滋滋的，为有幸参加这次设计、制作这台模型，并随着它参加首都游行而感到自豪！

国庆游行结束后，应北京市民的要求，彩车在原地展览 3 天，参观者络绎不绝。

游行队伍

北大学生紧张彩排预演

1984 年国庆节，当游行队伍通过天安门时，学生方阵里，同学们那种青春活泼、朝气蓬勃的形象给观众留下了深刻的印象。

国庆前夕，当参加国庆游行的任务下达到北京大学时，全校师生都很兴奋。

自 1959 年以来，我国已 20 多年没搞过国庆阅兵和游行。面对这次大规模的庆典活动，北大从领导到学生，上上下下都憋着一股劲，决心要拿出最好的精神面貌，接受党和国家领导人的检阅，充分显示 80 年代北大学生的精神风貌，为北大争光，为中国青年争光。

当时北大有 1 万多名学生，要从中挑出 2000 多人参加学生游行队伍，另选出 2000 人参加仪仗队。

学生们报名相当踊跃。为便于组织，学校有关部门相对集中地从各系中挑选整班和整年级的学生。

训练对学生们来说是非常紧张和劳累的。为了保障学习不受影响，都是利用课余时间。队伍中，国际政治系的干部班的学生，大多是三四十岁的人了，也还是一次不落地参加训练。

整个暑假当中以及开学之后，每天下午下第二节课后，同学们便集中在东操场，一丝不苟地参加训练。当时天气非常炎热。训练十分辛苦。

"十一"前几天，他们开始在天安门广场预演。

预演时，同学们个个非常严肃认真，手持纸花，高呼口号，非常整齐。预演后，一些领导同志看了说：这样不行。群众游行这样齐步走显得太死板，不活跃，不能搞得这么死板。

学生们根据领导的要求，训练中力求把青年学生那种健康活泼、风华正茂的精神状态表现出来。

每次预演，都是在夜间进行，次日凌晨同学们才能回校，一夜不能休息。

"十一"的前一天晚上，校团委、学生部的干部分头到学生宿舍查铺，劝学生们不要太兴奋，好好休息。

"十一"那天天还没亮，学生们就急急忙忙地吃了早饭，带了午饭，乘车于六七点钟就到了东长安街的指定集合地点。

"十一"这天，北大学生以极佳的精神风貌参加了游行。他们那青春靓丽的身影，朝气蓬勃的形象，给站在天安门城楼上的国家领导人和与会观众留下了深刻的印象。

游行队伍

独特的体育表演大队

在 35 周年国庆大典中，群众游行队伍中有一支别具一格的体育大队也非常引人注目。

体育大队参加国庆大典，早在 20 世纪 50 年代就已组织过，但体育大队每一次亮相都给人耳目一新的感觉。

1984 年元月 4 日，北京市体委党委开会。会上传达了中央关于隆重庆祝中华人民共和国成立 35 周年的决定。体委领导说，中央决定要在天安门举行盛大的庆祝大会并组织 50 万人的阅兵和游行队伍。

党委决定由魏明同志担任体育大队的总指挥，并另派两位有经验的同志参加体育大队指挥部工作，还开始组建办公室，抽调统训人员和工作人员。

大家接受了任务后，都非常兴奋。自党的十一届三中全会以来，改革开放取得了可喜的成就，体育战线也不例外。中国女排在 1982 年获得世界杯赛冠军；当年举行的第二十三届奥运会，中国运动员不仅实现了"零"的突破，而且取得了 15 块金牌；女排获得奥运会冠军，实现了二连冠。通过隆重的庆祝活动更可以鼓舞大家的干劲，振奋民族精神。

接受任务后，参加这项工作的徐培文不禁想起了以前曾经参加过的体育大队游行的情景。

他想起当年那威武雄壮的队伍，各种体育运动的方阵，步伐整齐，等速前进的形象；耳朵里好像听见当年那洪亮高亢的《运动员进行曲》和"发展体育运动，增强人民体质"的口号。

但是，进入20世纪80年代，国庆35周年的时候组织一支什么样的体育大队才合适呢？

徐培文同志提出，我们应该吸取和保持过去体育大队的优良传统和好的经验，并有所发展和提高，使体育大军具有80年代的特点。

他把这个想法和大家进行交流，得到了大家的赞同。接着，他们邀请了过去一起搞过游行和团体操的编导以及搞过体操的年轻老师们，一起商量。

大家翻阅了一些过去的资料，学习了现在的有关文件精神，还讨论了目前的形势，并根据这些内容设计了这次体育大队的方案。

这次体育大队主要由彩车和群众体操队伍组成。彩车有象征我国体育事业取得巨大成就的奖杯彩车、"23届奥运会代表团"彩车，以及体现各个运动项目的彩车造型，如乒乓球、田径、排球、羽毛球、体操等，另外还有反映群众体育活动蓬勃开展的"群体活动"、"民族体育"、"登山"、"罗汉造型"等彩车。

在彩车上还有体操、钓鱼以及武术等表演。彩车一律将各种图案、造型装饰在大卡车上，比过去的彩车加大了、加高了，造型更加明显、醒目。

游行队伍

在设计方案中，这次的队伍打破了过去标签式的政治口号和形式上过于具象的老框框，更加注意了艺术效果。

田径彩车上用了一束金属杆形成一个银光闪烁旋转上升的造型，显示了勇攀高峰的意境；

举重彩车上布满如杠铃似的圆形图案，最上方有一个举重运动员的造型，给人以力量的感觉；

羽毛球彩车上则横放着一个比车身还长的、放大了的羽毛球造型……

群众体操队伍则由哑铃队、纱巾操队、武术队、海浪与帆船队、火棒和旗操队，以及簇拥奥运代表团的彩球队伍等组成。

这些队伍个人动作简单、幅度大，队伍场面壮观、有气势。

如男青年做的哑铃操中用的哑铃是由硬木旋成的，做操时可以击出清脆的响声；旗操不仅有着较大的动感，而且和哑铃操一样通过响声表现出一种力量；纱巾操和火棒操充分表现女青年的优美线条和舞姿，特别是用团体操的手法舞动着由 40 米长、2 米宽的 20 条蓝绸组成的海浪帆船方队的表演，更加气势磅礴。

武术队伍中每人右手舞动着大刀，左手拿着画着虎头的大盾牌，做着对打的动作行进，色彩鲜艳、动作豪放，还不时发出刀与盾牌击打的声音。

整个方案于 3 月底创编完毕，4 月初经国庆游行总指挥部审查通过。

4 月里筹备人员除进一步完善设计方案、编排每个队伍的动作、制订训练计划外，主要是组织参加体育大队的单位和人员。

在进行这项工作时非常顺利，不论是国家优秀运动员、世界冠军的得主，还是学生或战士，都认为这是一种荣誉，坚决接受任务。

筹备人员在不到半个月的时间里，就组织落实了首都的大专院校、中等专业学校、中学、部队等 41 个单位的 8000 人和 114 名国家优秀运动员参加的队伍。

在许多单位，群众踊跃报名，争取参加。

电力学校学生来自全国各地，他们有的是工作过几年的干部或工人，有的成了家有了孩子，但他们认为一生难得赶上这样一次有意义的活动，所以都积极参加。放暑假时，由于时间短，同学们怕不能按时赶回来，干脆就不回家了。

该校的一位学生说："我是一个热血青年，为了祖国母亲的荣誉，训练时流汗掉肉是值得的。"

北京三十九中学的学生吕光说："我练队不是为了新鲜好玩，而是代表祖国和人民向全世界展现我们东方巨人的伟大形象。"

十一中学和一五六中学还编了《体育大队之歌》，出简报、快报，传递信息，表扬好人好事。还有的学校组织了"前进中的祖国"、"有了我方队更光荣"、"民族振

游行队伍

奋与共青团的作用"等专题讨论会。

石景山区永乐中学的一位女体育老师怀了孕，还坚持到岗训练，坚决不肯离开体育大队。筹备人员发现后只好安排她担任另外的任务，让她在每次合练和游行时守在路口，记录体育大队各方阵和彩车行进的时间和搜集建议。她照样干得十分认真。

看到老师们和同学们参加体育大队的积极性，以及那么多的生动事例，北京市体委的同志深受感动。但同时他们也觉得越是这样，越要爱护大家的积极性，不能给基层单位和群众添麻烦，更不能搞无效劳动。所以指挥部的每项工作，事先都要做好充分的准备，周密安排，决不随便改变计划或方案，增加群众负担。

指挥部把体育大队中每个方阵每个位置上的动作要求从基本功、队列，到步伐和整个队伍的行进速度、间隔距离等都编排得非常细致准确，对基层单位如何指导训练、动作要领和教学进度也有明确的规定。

4月中旬，体育大队的骨干先开始学习。5月份各表演单位展开了训练。为了不影响学习，各校规定每周利用课外时间训练2至3次，每次不超过1.5个小时。

7月中旬到8月中旬，大部分学校放了假。8月下旬进入第二阶段，即合练、预演阶段，在东高地一个部队的操场大家分两部分进行了4次合练检查。

9月9日，体育大队在通县张家湾机场与文艺大队共同进行了串排。

9 月 15 日和 9 月 22 日午夜，体育大队又在天安门前进行了预演。

每次合练预演，指挥部的同志也和学校里老师备课一样有教案和计划，总是搞得井井有条。

最后计算下来，这次体育大队的训练时间总共不超过 60 小时，但收到了预期的效果。航空学院一部分学生参加了体育大队，另一部分学生参加了学校的群众游行队伍。该校的体育老师总结时对指挥人员说："体育大队表演难度大、要求高，但比群众队伍训练用的时间还少，看来还是你们有经验。"

8 月下旬，体育大队分指挥部由徐培文同志担任串排、合练和预演的现场指挥。为了指挥这个近万人的队伍，他下了很大的功夫，好几个晚上睡不着觉。

他联想起 20 世纪 50 年代指挥和组织体育大队的情景，利用那时的经验和做法，采取了一些措施，终于在合练、预演和游行中完成了任务。

10 月 1 日那天，体育大队按总指挥部的统一计划，按时在指定地点集合。彩车和体操、步伐队伍分别在两地集结，按严格的路线和时间到南河沿会合成一个体育大队。

在国庆游行过程中，所有队员没有停顿、没有等待，一气呵成。整个体育大队汇入百万游行大军中必须十分严密，分秒不差。

总指挥徐培文根据前边队伍行进的情况和音乐的节

拍，准确地对体育大队进行指挥。当听到"体育大队注意"、"各就各位"、"标语对准"、"道具展开"、"注意口令"时，全体受阅者立即振奋起来，当听到"齐步走"的口令后，便随着音乐按顺序出发了。

一支庞大的队伍，由国旗和"发展体育运动，增强人民体质"横标打头，由国家优秀运动员、20多部彩车以及在第二十三届奥运会上夺得金牌的许海峰、李宁、栾菊杰等114名国手和8000人组成的15个方队、690米长的体育大队，迈着有力的步伐，以每分钟80米的行进速度通过了天安门。

按照总指挥部的计划，体育大队应用7分30秒的时间通过天安门，游行队伍严格按规定做到了。

体育大队的精彩表演受到了中央和中外人士的好评，大家反映：国庆活动搞得好，振奋了民族精神，显示了成就，增强了实现四化的信心。

当时在天安门城楼上的中央领导同志对体育大队产生了很大的兴趣，赞扬组织得好，既整齐又漂亮。

在城楼上观礼的国际奥委会主席萨马兰奇看到浩浩荡荡的体育大队，异常兴奋。他一会儿鼓掌，一会儿招手，感慨地说："我一生从来没有看到过这样庄严、这样有组织的场面。"

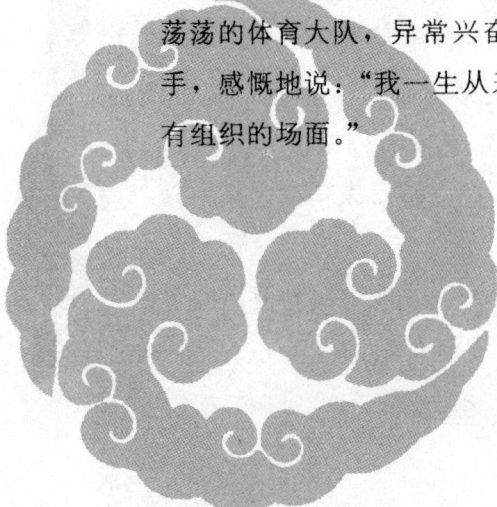

五、 大典背后

● 副总理田纪云说:"我们这么个大国总得搞一些轿车,自己总得搞一些王牌。"

● 营长李苏说:"我们作战部队更要发愤训练,精练技术,迎接自己的装备。"

● 日本朋友田中真由美来信说:"一面看电视,一面听英语直播,真是妙极了!"

邓小平乘坐"红旗"阅兵车

1984 年 10 月 1 日 10 时，在庆祝中华人民共和国建国 35 周年的阅兵式上，邓小平和国庆首都阅兵总指挥秦基伟，分别乘坐中国自行设计、制造的 CA770JY 新型检阅车，检阅了中国人民解放军陆、海、空、二炮等诸兵种的强大阵容，大振了军威、国威。

邓小平和秦基伟分别乘坐的红旗 CA770JY 型检阅车车身设计汲取了克莱斯勒、林肯、凯迪拉克等三种美国大型轿车的优点，整体庄严大方，为 35 周年国庆大典增添了一个新的亮点。

制造两辆检阅车是中央为迎接新中国成立 35 周年，于国庆的前一年就向有关部门下达的重要任务，受领这项任务的是长春第一汽车制造厂。

当时，长春一汽的轿车生产正处于停步状态。在 1981 年的《人民日报》中登出了"红旗高级轿车因耗油较高，从今年 6 月份停止生产"的节油指令后，一汽厂便将生产轿车的一切机器迅速转产生产 CA630 旅行客车。

在责令停止生产轿车期间，红旗的生产者们不断向上级主管部门和国家领导人反映，希望早日恢复红旗轿车的生产。在艰难企盼中，一汽人看到了希望：红旗停产后，国家进口了几台防弹车，供党和国家领导人使用，可用过之后才知道，国外防弹车的防护性和舒适性，并不比国产的红旗 CA772 好多少。

1983 年初，中央警卫局负责人到一汽传达了中央领导还想乘坐"红旗防弹车"的指示。同年 9 月底，国务院副总理田纪云根据总书记胡耀邦的指示，向一汽人下达了"1984 年国庆节前，生产一批红旗阅兵车"的任务。

10 月 22 日，田纪云又在国务院主持召开了生产活动篷检阅车和"红旗"轿车改造汇报会。在听取中汽公司陈祖涛关于生产检阅车的安排和"红旗"进行改造的设想后，田纪云作了重要指示。他说：

> 活动篷检阅车可以立即动手搞，先了解哪个国家的活动机构好，可进口 10 套装车试试，如果好的话再进口一些。"红旗"车改造和研制第二代"红旗"这个路子我是赞成的。
>
> 我们这么个大国总得搞一些轿车，自己总得搞一些王牌，"红旗"牌子不能丢，但质量要提高。

12 月 2 日，中汽公司向一汽正式下达了"红旗"检阅车的生产任务。第二天，中央警卫局传达了中办副主任杨德中对红旗活动篷检阅车结构的具体意见：要求按奔驰 600 的活动篷结构生产；仅后部改为活动篷，而驾

大典背后

驶室顶部仍保留原来的硬顶；要增设阅兵用的车载扩音机；加装自动调节高度的脚踏垫；要求1984年10月1日前，要提供至少两辆防弹型活动敞篷检阅车，为邓小平检阅三军乘用。

此前，一汽轿车厂曾生产过13辆"红旗"检阅车，但像中央要求的这种自动升降活动篷式检阅车还是第一次。这是一项光荣而艰巨的政治任务，为"红旗"争光的攻坚战。

一汽轿车厂党委提出了"万无一失，确保中央用车"的口号。轿车厂在范恒光厂长的领导下，成立了检阅车领导小组，由总工程师赵静岩任组长，副厂长吕福源、崔洪松任副组长，统一协调指挥设计、试制、试验、生产、质量、进度全方位的工作。领导小组组建专用车车间，任命经验丰富、技艺高超的王明山为主任；从全厂抽调钣金、电气焊、缝纫、内饰、电工、汽车调整各工种的精兵强将组成了40余人的精干队伍，形成封闭和试制生产阵地；对设计人员进行分工，将主要项目落实专人，明确职责；组织国外订货，组建"红旗"采购小组赴美采购防弹布及改造"红旗"用的总成、零部件，并订购活动篷结构两套；同时向英国史密斯液压件厂订购活动篷动力装置。

由于时间紧迫，考虑到依靠国外的可靠性不大，因此还确定了"面向群众，立足国内，争取外援"的方针。

在设计原则、组织措施、人员分工都确定后，采取

"各自为战，分进合击"的战术，各条战线都立即投入到紧张的工作中去。

制造现代化的红旗检阅车有三大难关：一是要采用特殊材料达到防弹性能；二是要采用最严密的设计使自动活动顶篷在缩放时不影响轿车的整体形象；三是要保证升降脚踏板能自动平稳地迅速升降。

当时，一些材料制造技术只有美国有，要得到这种技术很困难。为此，一汽决定用 1.8 万美元向美国友升公司订两套全结构活动篷，但装车试验后却发现，技术指标达不到要求，没有参考和使用价值。

此时已是 1984 年的 5 月上旬，如再向美国咨询，一是时间仓促，根本来不及；二是外商趁机抬价，仅咨询费一项就要两万美元。

依靠外援的希望一个个落空，只有坚定信心，依靠自己的力量搞独创设计。这项任务交给了助理工程师董仪卿。董仪卿搬进厂内，以厂为家，夜以继日地设计构思，绘制草图，半个月内就完成了 100 多张图纸。

车间主任王明山主动配合试制，并将最好的钣金工王景尧师傅抽出配合董仪卿组成了三结合突击小组。他们经过一次又一次的试验、失败、再试验，当试验 4 次都失败时，副厂长赫世跃召开现场会，总结经验，以利再战，终于试验成功。

经过 250 个日日夜夜之后，检阅车终于在 1984 年 8 月 20 日装配结束。按预定计划进行路试后，于 8 月 25 日

大典背后

正式完成两台 CA770JY 检阅车的任务。

国庆节前夕，当两辆崭新的红旗敞篷检阅车发往北京时，人们高兴极了。他们派出最好的专业技术人员，在北京南苑机场连续三天进行道路试验。

国庆节的前一天，即 9 月 30 日 20 时，红旗检阅车以雄伟的英姿开进了中南海。

第二天 10 时 5 分，邓小平在雄壮的军乐声中走下天安门城楼，由阅兵式总指挥、北京军区司令员秦基伟陪同，乘坐牌号"A01－3430"红旗 CA770JY 敞篷防弹检阅车检阅陆、海、空三军将士。

此时此刻，所有的镜头都对准了这位世纪伟人和他乘坐的红旗检阅车。红旗车载着中国改革开放的总设计师邓小平徐徐驶过长安街。

同志们好！

首长好！

欢呼声随着检阅车所到之处此起彼伏。

战略导弹方队首次亮相

1984 年 10 月 1 日，在中华人民共和国成立 35 周年的阅兵式上，我第二炮兵部队三种型号的导弹组成的受阅方队，第一次向世界展示了战略导弹的现代化建设成就和作战实力。当铁流滚滚驶过天安门的时刻，国人振奋，世界瞩目。

在受阅的长长的方队里，导弹方队镶嵌其间：既有陆军机动灵活的反坦克导弹，又有海军水下防御的潜地导弹、骑鲸蹈海的反舰导弹，更有屹立在崇山峻岭的岸防导弹和空军直刺苍穹的地空导弹。

那战略火箭部队仰天长啸的中程、远程和洲际导弹，更像一柄柄倚天长剑，威风凛凛，让人大开眼界。

导弹是热核时代的宠儿，它集中了现代科学技术的最新成果，是国家经济实力和国防力量的体现。

站在战略火箭方队指挥车上的某基地邹副司令员、支队长于秉钧，是两位久经锻炼的"老导弹"，是我军第一个战略导弹营的老兵。

我国导弹的研制和装备部队比西方晚起步近 20 年。第二次世界大战末期，德国"V－1"和"V－2"导弹出现在英吉利海峡之后，美、英、法等国家就开始研制。

20 世纪 50 年代末期，中国人民解放军才开始组建第

大典背后

103

一个地对地导弹营，并从苏联订购了一〇五九型导弹，开始进行初级点火训练。

不久，导弹部队就进入了艰难和严峻的岁月。苏联政府背信弃义，撕毁了一切合同，撤走了专家和教官，带走了技术资料，断绝了导弹推进剂的供应，企图把我国导弹事业扼杀在摇篮之中。

同时，当时由于严重的自然灾害，导弹部队粮食供应也十分缺乏，于秉钧和战友们勒紧裤带走上训练场。

营长李苏沉重地对战士们说："西伯利亚袭来了冷风。导弹研制试验部队正顶着时代的风沙，靠自力更生研制自己的'东风'。我们作战部队更要发愤训练，精练技术，迎接自己的装备。"

20世纪60年代初，聂荣臻在人民大会堂庄严宣告：我们自己研制的"东风一号"发射成功。

消息传到导弹部队，指战员们欣喜若狂。于秉钧满脸泪水，那夜以继日的企慕、殚精竭虑的拼搏，都是为了迎接这伟大的时刻。

"东风"号，中华民族引为自豪的"东风"号，在短短的时间里就出现在神州的大地上，为我国国防现代化建设增添了无限的活力。

坚冰打开后，导弹战斗部队接着就执行发射任务。这是第一次历史性的发射。

年轻的火箭兵首先开赴到一个洪荒、神奇的世界，进行临战前的训练。

国防科委和兵种领导机关联合对每一个指挥员、操纵手进行考核，导弹健儿全部达到了发射标准。

一支银灰色的"东风－1"号导弹像倚天长剑，巍峨地耸立在发射台上，俯瞰大地，远眺长空，静静地等待着一个伟大时刻的到来。

"点火!"一声命令，划破长空。

顷刻间，发射场喷出绚丽的火光，导弹像一条吐火的巨龙腾空而起，直刺苍穹，按照控制程序，渐渐地倾斜、拐弯，进入飞行轨道，伸向大漠深处。

几分钟后，火箭在预定的弹着区爆炸，腾起冲天的烟柱! 遥远的靶区传来了消息:"发射成功，命中目标!"

这是导弹战斗部队第一次历史性的纪录!

新中国成立35周年国庆阅兵结束后，英国《泰晤士报》称:"中国今天第一次将它的导弹家庭展现在世界面前。"

我国导弹方队的亮相，既是军力、国力的展示，更是国家繁荣富强的证明。

大典背后

揭秘"小平您好"横幅

在新中国成立 35 周年阅兵式上,人们首先目睹了海陆空三军分列式的雄姿,伴随他们的是各式新型武器、火箭、坦克等。

随后是群众游行队伍依次进入广场,队伍中各种彩车、模型生动地表现了改革开放以来全国各条战线取得的辉煌成就。

当仪仗队簇拥着老一辈无产阶级革命家毛泽东、周恩来、刘少奇、朱德的仿铜半身塑像通过天安门广场时,城楼上下爆发出热烈的掌声。

大学生方队走过来了,他们个个欢腾跳跃,广场上的气氛马上活跃起来了。

当北大学生方队经过天安门城楼时,有几个学生突然打出了一条横幅:

小平您好

在天安门城楼主席台上的邓小平同志看到这条横幅后,脸上露出了笑容。

游行队伍马上欢腾起来。

站在天安门金水桥南侧一个两米高的台子上的《人

民日报》记者王东看到这个场景，急忙用 1000 毫米的长镜头拍摄下了这个珍贵的镜头。

北大学生的这条横幅，是用床单拼接起来的，看起来非常简陋。

人们可能会奇怪，国庆的阅兵游行活动，是一项非常庄严神圣的活动，按说各个单位都会准备一些比较精美的游行道具，为什么北大的学生会打出这样简陋的一条横幅呢？

原来，这条横幅是北大学生在违反游行队伍纪律的情况下私自带进游行队伍的。

游行指挥部三令五申地规定：

学生在游行时，除了纸花外，任何东西都不许带进游行队伍。

可是，在 9 月 30 日晚上，北大被批准参加大学生方队游行的 28 号楼 203 房间的 81 级学生都太激动了，他们早已把游行指挥部的规定忘到了九霄云外。

在 203 房间里，他们一边用学校发的彩纸扎花束和小彩旗，一边议论明天的活动。

大家七嘴八舌，突然有人说："明天的游行，我们能不能偷偷带点什么进去？能展现我们个性的东西？"

一个叫常生的学生说："我写点什么，做条横幅，让全世界看看我的书法。"

大典背后

他的提议得到了大家的一致赞成。

可是，写点什么呢？大家七嘴八舌地议论起来，有的说："写振兴中华吧？"

有人反对："被别人说过了，没有创意。"

又有人提出写"教育要改革"或"加快改革开放步伐"，大家还是觉得没有特色。

这时，隔壁宿舍又有几个同学加入进来，有人提议表达一下对邓小平同志的感情，因为当时改革开放有几年了，成效显著，大家又都是改革开放的受益人，没有改革开放，谁也上不了大学。

这个同学的提议，得到了大家的拥护。

为了表达对邓小平的爱戴之情，这个同学提出写："邓主席万岁！"

但这种口号立即被大家否定了。又有人说："我们代表全国的大学生直接向邓小平同志问声好吧，就写'尊敬的邓小平同志您好'。"

这个提议得到了大家的一致赞同，但是一推敲，大家又觉得句子长了点，就把前面的3个字删去，直接写"邓小平同志您好"。

大家越议论热情越高，最后，他们索性决定把姓氏也省略掉，干脆直接写"小平同志您好"。

写的内容定下来后，常生就拿来一张纸，他对着纸比画了一下，一时找不到那么大的毛笔，就用宿舍里擦桌子的抹布，卷成小棒棒，蘸着墨汁写下了"小平同志您好"6个大字。

字写好了，可是明天怎么打出去呢？大家想来想去，只好用床单，即把六个大字都粘在床单上面。大家看中了一位同学的新床单。

待那个同学把床单扯下来，大家把 6 个大字往床单上一比画，又发现床单不够长。

这时不知谁说了一句："把'同志'两个字也省去吧。"

这句话一出来，本来很热闹的宿舍里，一下子静了下来。

直接称呼国家领导人的名字，是不是有些不敬？

要知道，在我们国家，对长辈、对领导是不习惯直接称名道姓的。

后来，大家再一想，这是对领袖的问候，没有别的意思，不至于上纲上线吧！

事实上，"小平您好"这句话感情真挚，就像是对家人、对亲朋的问候，真真实实地表达了学生们对小平同志朴素、深厚的爱戴之情。

于是，他们就把"小平您好"4 个大字用订书机订在了床单上。

条幅制作好了，他们从几个宿舍找了 3 根长木杆，还有一支拖把。大家七手八脚地把墩布头卸了，只留下棍子，把横幅绑在了杆子上。又在外面绕以彩带，顶端缀以纸花，这样横幅看起来就像一把巨大的花束。

忙完之后，已是凌晨 2 时，大家立即休息。此时离集合时间只有两个小时了。

10 月 1 日 4 时，一个同学穿上实验室的白大褂，把横幅藏在里面乘上了学校的大巴。

同学们乘坐大巴来到东皇城根集合，然后步行经过王府井，到达东长安街。在路上，大家用手上的纸花做掩护，把横幅一直带进了游行队伍。

10 时，阅兵正式开始，接着是群众游行。

当北大学生方队走到天安门金水桥东华表时，手持横幅的常生、李禹、于宏实等同学一下子打开横幅，整个广场顿时欢腾起来。

中央电视台的镜头本来先拍北大的游行队伍再拍清华的，但看到了北大学生的横幅后，立即又把镜头转向北大。这时横幅全面展开，场面一片欢腾。整个过程前后只有短短的一分钟。

当天，新华社就报道了这条新闻。10 月 2 日，《人民日报》第二版又刊登了北大学生举着"小平您好"横幅的照片。

这张照片从 1984 年开始使用，以后，几乎年年在全国报刊上、书上、画册上被刊用，可见，"小平您好"这句话是如何深得人心。

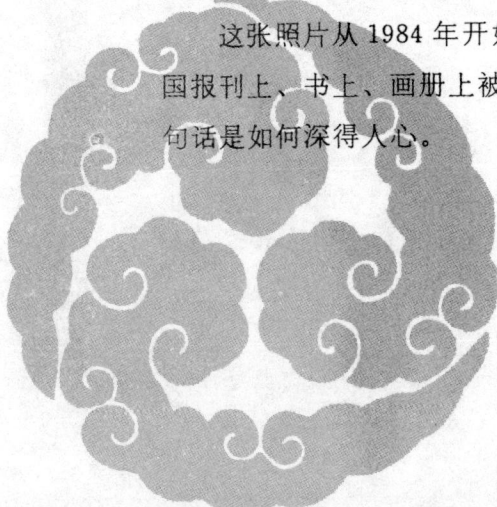

先导车上的摄影记者

35周年国庆庆典后，那阅兵的宏伟场面，那充满中国人豪情与自信的中国国家领导人邓小平的照片以及许多宝贵的历史场景，定格在当天全国和海外的各大报纸上，永远留在了人们的脑海与心间，也永远载入了史册。

这一切，与一个人密切相关，但是却并没有多少人知道他的名字。他，就是新华通讯社记者王新庆。

1984年10月1日，参与国庆庆典报道的新华社记者王新庆负责拍摄小平阅兵的照片。

这一年的阅兵仪式上，检阅车前有两辆先导车，一辆载着中央电视台的摄制组，另一辆车上是新华社记者和"八一"电影制片厂的摄制人员。

他们是历史的记录者。而车上唯一的新华社记者，也是唯一的摄影记者王新庆，肩负着真实地反映阅兵、为历史瞬间定格的重任。

这是一项重大的政治任务，王新庆感到肩上的担子很重。他在事前做了许多专业准备与研究：用多长的镜头、几个胶卷、将快门和光圈调到什么位置。单位为他配备了当时世界上最先进的尼康变焦镜头，他则共准备了两个相机、三个镜头。

大典背后

111

10月1日，王新庆早早地进入天安门广场备战。这时大约是7时，距10时庆典正式开始还有比较充裕的时间。

王新庆与同车的八一厂摄制人员会合后，大家决定再沿着小平阅兵将要走的路线跑一圈，最后熟悉一下路线和角度，把握速度，寻找感觉，调整情绪，以便以最佳状态进入实战阶段。

9时多，最后一次试跑开始。载着记者的先导车沿着长安街的阅兵路线行进着，突然，不知什么原因，司机忽然刹车了。正在车上整理相机的王新庆随着惯性被甩了出去，背部重重磕在车上特制的护栏上。挂在胸前的相机一下子翻了过去，王新庆立时觉得一口气都喘不上来了。

肩负重担的王新庆不假思索地伸手先护住了相机。同车的人连忙过来搀扶，王新庆定了定神，感到腰部在隐隐作痛。

王新庆在别人的搀扶下慢慢走了几圈，理顺了气，但腰部仍有明显不适的感觉。他这时发现，在被撞的时候，摄影背心里的一个胶卷正隔在他的腰部与栏杆之间，整个胶卷都被压扁了。

当时，心系工作、不明伤情的王新庆并没把自己的伤痛当一回事。他一心只想着：时间不等人，重大的历史事件也不等人。10时的35周年庆典近在眼前，没有时间考虑别的。他随便到街边的医疗点上找了块橡皮膏，贴在腰上，稍事休整就上车了。

王新庆的想法很简单，要利用这一生难得的机会，拍出小平同志阅兵时的风采，充分体现一代伟人的精神风范。他还有个心愿，这不属于规定的报道任务，就是把参加阅兵的各个兵种都照全，即便不能全部发稿，也可以留作宝贵的历史资料。

记者们乘坐的先导车在行进过程中，位于邓小平同志所在的检阅车的右侧，要想抓拍小平同志向指战员官兵挥手致意的瞬间，就必须选好角度，不让小平同志挥动的手臂在镜头前遮住他的脸，这非易事。而且，从天安门到东单，不到两公里的距离，行进中车速再慢，时间也不多。返回时车速加快，车与车间的距离会很快拉大，没有任何补拍的可能。

短短不到 10 分钟的阅兵时间里，受了伤的王新庆忍住疼痛，高度集中精神，不断转动身体，吃住劲，拍完了首长拍部队。许多宝贵的历史瞬间，就这样在他的手中定格。

当晚，王新庆坚守在金水桥前，成功地完成了庆典晚会的拍摄工作。第二天，从紧张的工作状态中松弛下来的王新庆爬不起来了。检查的结果是，左侧两根肋骨受伤，一根断了，一根裂了。

王新庆这才感到了疼痛。

事后，因带伤坚持工作、成绩突出，王新庆获得了社长的嘉奖，但他却在家中躺了 40 多天，才重返工作岗位。

大典背后

广播电视同步直播

1984 年的国庆阅兵式，中央电视台男播音员赵忠祥站在天安门城楼上，为新中国成立 35 周年的大典盛况进行现场直播。

邓小平乘车来到大型导弹方队前检阅时，赵忠祥激情地解说：

> 这些现代化兵器，都是中国人民自己设计
> 制造的！中国人民真正站起来了！

当北大学生游行队伍经过天安门城楼突然打出"小平您好"的问候条幅时，赵忠祥的眼眶不禁湿润了，他感动地说：

> "小平您好"！这是多么亲切的话语啊！这是
> 全国人民对小平同志改革开放思想的由衷拥护！

赵忠祥声情并茂的解说，使没能亲自参加大典而借助电视和广播的观众与听众都有身临其境的感觉。

1984 年国庆，中央人民广播电台、中央电视台和中国国际广播电台为了把这样一个万众欢腾的场面直播出

去，分别调集了精兵强将。

中央人民广播电台组织了由 50 人组成的报道组，改变了过去仅仅在天安门城楼上播音的方式，采取多点播音，城楼上下、观礼台上和广场上都有播音员。广场上有 10 多位记者进行现场采访。记者、播音员、技术人员和机房工作人员密切配合。

中央电视台有 200 多人参加直播工作。转播中心设在广播大厦 10 层楼上，主要播音员和总导演就在转播中心工作。在天安门广场上，共设置了 20 个摄像点，天安门城楼上安置了 3 台摄像机，金水桥前设两台摄像机。

此外，在西华表旁边及中山公园正门西南角各停放一辆可以升高 22 米的升降车，天安门东南角有一架可升高 50 米的云梯，并安置了摄像机。人民大会堂、历史博物馆、旅游局等高大建筑物楼顶上设的摄像机，均可俯瞰国庆典礼和游行大军的宏伟气势，晚上还有 18 台摄像机转播烟火晚会的欢腾场景。

中国国际广播电台首次用英语进行同步对外广播。所有报道人员、技术人员都很年轻，不少人是第一次参加直播工作。他们在严密的组织下，环环紧扣，有条不紊地进行演播。如同受检阅的部队一样，他们也接受了祖国人民的一次检阅。

以往，历届国庆庆典的转播，有许多内容不能实现同步广播。广播电台记者现场采访的录音，要送到机房剪接后，在机房播出，记者现场采访的文字稿，要送到

大典背后

城楼由播音员播出。当时送稿件还是用一个篮子从楼下吊上城楼的，而此次则开始采用现代技术——无线话筒，记者在现场的报道、同群众的交谈，可直接传到机房，再送到播控中心播出。

这种无线话筒是中央台这次新添置的现代化设备。它像一个小型的电台，一边接收一边发射，将现场的音响直接传送出去。邓小平同志在乘车检阅陆海空三军部队、武装警察和民兵时，途经南池子口、南河沿、王府井、东单时，均有祝词和答词"同志们好"、"同志们辛苦了"、"首长好"、"为人民服务"。这些声音正是通过安装在检阅车上的大功率无线话筒发到机房再传播出去的，声音显得丰满而真实。

记者与城楼指挥以步话机联络，记者现场采写的文字稿，通过设在天安门城楼下的文字传真机，40秒钟即可送上城楼，交给播音员。

中央电视台除了出动20部摄像机、10多套微波设施外，在现场还设了3部转播车，以及发电车、声音车，灯光车等。3部无线摄像机，可将所摄图像直接送往转播车。这种摄像机可来回移动，比较方便，金水桥前采用的就是这种无线摄像机。现场直播时，电视记者将现场摄录的图像和声音传到转播车后，再发向广播大厦的转播中心，而声音则是分离出来进入声音车后，再转入广播大厦的转播中心。所以，这次直播时，声音显得特别逼真和清晰。

灯光车的使用，也为国庆之夜的烟火晚会增加了亮色。一位从事烟火晚会直播的中央电视台记者说，尽管天安门前增加了两个 40 米高的灯架，改变了光源，亮度增加了 4 倍，然而仍然不能符合电视转播的要求，后来采用两部发电车和灯光车，才解决了亮度不够的难题。

　　报道这样大规模的阅兵、游行和烟火晚会，要从时间上准确到没有一分钟的误差，是很难办到的。一切预先定的程序，还只是"纸上谈兵"，临场往往会发生这样那样的变化。因此，记者们要具有那种"以变应变"、"你变我也变"的本领。

　　中国国际台直播时间规定为一小时，即从 10 月 1 日 9 时 58 分起至 10 时 57 分止，一分钟也多不得！否则，到时候广播就会戛然而止。因此必须精确地布局、分分秒秒地计算时间。在原来的"直播台本"中，预定邓小平同志的讲话时间是 3 分钟，后来又改为 5 分钟，而当天的实际情况是讲了 8 分钟，节目主持人便当场对自己的"导演台本"进行删节。

　　中央台在直播时也碰到了类似的情况。原定阅兵仪式结束后空出 3 分钟让记者插话，谁知当天阅兵式结束得晚了些，群众游行紧接着就开始了。这时城楼上的指挥当机立断，将"记者插话"推后，放到文艺队伍行进中去，这个"以变应变"安排得很是得体。

　　此次国庆节的阅兵游行，全国有电视转播台、站的地方，都可以收看电视台的直播，新疆、拉萨也都收看

大典背后

到了。电视台通过卫星播向世界，美国、日本、菲律宾等国都收看了实况。有的外国朋友，一面听国际台的英语播音，一面收看电视，很有兴味。美国、日本、瑞典、新西兰、冰岛、英国、荷兰、丹麦等的听众和观众还写来了信件。

日本朋友田中真由美来信说："一面看电视，一面听英语直播，真是妙极了！"

这些外国朋友的赞美之词，也是中国老百姓的心里话，各地不能亲赴天安门广场的人们都衷心感谢电视广播工作人员的辛勤劳动。

参考资料

《天安门广场断代史》吴伟 马先军著 新华出版社

《天安门》贾英廷主编 中国商业出版社

《特种部队内幕》许农合主编 新华出版社

《天安门见证录》文夫编著 中国言实出版社

《天安门广场风云录》金岸编著 改革出版社

《中国军事：女兵的裙子惊动万里》陈守信编 中华网

《雄师劲旅扬国威》杨春长主编 二十一世纪出版社

《中国国庆大阅兵：1949—1999》涂学能著 东方出
    版社

《天安门广场历史档案》树军编著 中共中央党校出
    版社

《中国现代史资料选辑》彭明主编 中国人民大学出
    版社

《共和国五十年珍贵档案》中央档案馆编 中国档案
    出版社

《1949—1999：国庆大阅兵》许农合 王钦仁编著
    中国青年出版社

《庄严的庆典——国庆首都群众游行纪事》中国人民
    政治协商会议北京市委员会文史资料委员会编
    北京出版社